U0164588

黎紫書小說

黎紫書 　著
鮑國鴻、林惠娟 　編

責任編輯：羅國洪
封面設計：龔萬輝

黎紫書小小說

作　　者：黎紫書

編　　者：鮑國鴻　林惠娟

出　　版：匯智出版有限公司
　　　　　香港九龍尖沙咀赫德道2A首邦行8樓803室
　　　　　電話：2390 0605　　傳真：2142 3161
　　　　　網址：http://www.ip.com.hk

發　　行：聯合新零售（香港）有限公司
　　　　　香港新界荃灣德士古道 220-248 號荃灣工業中心 16 樓
　　　　　電話：2150 2100　　傳真：2407 3062

印　　刷：陽光（彩美）印刷有限公司

版　　次：2022 年 6 月初版
　　　　　2022 年 8 月第二版
　　　　　2023 年 2 月第三版
　　　　　2023 年 9 月第四版
　　　　　2024 年 5 月第五版

國際書號：978-988-76155-5-2

目錄

前言

鮑國鴻、林惠娟

　　文學路上的相逢相知，是緣份。認識黎紫書，始於 2017 年香港浸會大學「國際作家工作坊」邀請她來港任駐校作家。春日的一個下午，黎紫書親臨編者任職的學校，與同學暢談對她創作深具影響的人和事。小小的教室，洋溢文學的情味。馬來西亞文學散步團仲夏成行，黎紫書穿針引線，邀請有人出版社曾翎龍先生與師生見面，談當地華文文學的發展和出版。當天黎紫書竟然從怡保南下吉隆坡參與其事，師生滿是驚喜，小小的月樹書店，瀰漫南洋的文學情調。學生對黎紫書的作品感興趣，亦燃起了編者選輯《黎紫書小小說》的火苗。

　　感謝黎紫書信任，一口答應編者冒昧提出的構想，也不事先設定任何選輯的框架。黎紫書創作小小說逾二十年，出版過《微型黎紫書》、《無巧不成書》、《簡寫》和《余生》四本集子，作品超過 130 篇。順序閱讀自然明白到黎紫書創作小小說的歷程，用她的話就是從「執着於故事的完整」到追求「小說的完整」，愈往後的篇幅更為精簡，表達更為含蓄，閱讀本書後記〈應許之地〉當可深入了解她的看法。

　　然而編選《黎紫書小小說》並非以展示黎紫書的創作歷程

或藝術成就為目的，而是為中學生提供優良的文學讀物。選取主題健康，內容積極，有助啟發思考，培養人文關懷精神，以及文字生動，手法多樣，能夠滋潤創作，提高中國語文素養的作品，才是編者初心考量的所在。感謝黎紫書的包容，沒有怪責編者翻出她認為「不夠漂亮的少作」。語文學習的面向本來就很多，學生的學習需求也不一樣，閱讀此書自可各適其適。意象運用、氣氛營造、感官描寫、陌生化結局等文學創作的技巧，固然有可以欣賞和借鏡之處；就算是黎紫書謙稱「不夠漂亮的少作」，其中選材立意所隱含的關懷和憐憫的精神，故事情節鋪展和人物形象塑造的技巧等，都有學習的價值。書後附有每篇作品的出處列表，讀者細意追溯，如能從選篇中看見一個立體的黎紫書，了解她多年來對小小說創作的探求，那就是深一層的閱讀收穫了。

黎紫書是馬來西亞華文作家，本書選錄早年的一些小小說的確帶有馬來色彩，例如〈父親的遺產〉和〈阿爺的木瓜樹〉，兩文筆下的父祖輩活在異邦，仍以傳承華文為己任；〈女王回到城堡〉中女王的城堡就是橡膠林等，但不會對香港的讀者構成閱讀障礙。更何況黎紫書作品的內容一向直面普遍的現實人生，世道人情，悲歡離合，本來就沒有地域的分野，都能引起共鳴，打動人心。全書選錄小小說 60 篇，分為「家庭：矛盾與和諧」、「人際：疏離與關懷」、「情愛：沉湎與昇華」、「抉擇：代價與收穫」、「世情：迷離與清醒」、「理想：失落與追尋」和

「善性：放失與彰顯」七輯，呈現她對人生的深刻體會。

七輯的主題分類容或有不周之處，仍期望有助讀者，尤其是中學生掌握閱讀方向。年齡漸長，人際關係和身處的環境將由家庭不斷向外擴展延伸，所遇上的世事愈趨複雜，人生當怎樣自處才不致迷失，是每位讀者都會面對的課題。現實人生並不圓滿，黎紫書無意加以美化。在她的筆下，家庭每多矛盾紛爭，人際每多冷漠疏離，情愛每多沉湎執着。但正正是這樣，更顯得幸福圓滿的可貴：〈幸福時光〉的她最終稱呼繼母林阿姨為「媽」；〈消失的後巷〉的她最終不再自閉，勇敢面對孤獨，因為「知道走下去有燈」；〈自滿〉中的她幾番掙扎，堅持不找分手的男友幫忙，最終還是拯救到身陷狹長涵管的貓兒，也拯救了自己。再者，人生充滿抉擇，付出的代價與收穫不一定成正比，更何況世事迷離，往往真假對錯難辨。黎紫書沒有說教，而是呈現一個一個片段，讓讀者思考：〈童年的最後一天〉，父親為了救妻子而宰殺女兒的愛犬，讀者或許認為不應該，但這是唯一的評斷嗎？〈海鷗之舞〉中的失明長者在電力中斷時仍認真地表演舞蹈，他剎那間看見自己平時看他們排舞時錯失了的美好——究竟平時我們所見的，是真知灼「見」，還是受了蒙蔽？想是值得討論。的確，生活不盡如人意，理想失落是平常事，良心放失更是屢見不鮮，黎紫書常以冷酷的筆觸暴露人間的黑暗，藉此提醒人們追求光明。堅持追尋理想才是人生應該走的方向，就如〈明信片〉中的父親離家遠行，結

果找到明信片中的藍天和葵花田；彰顯善性良知，關懷身邊的人，才是追求幸福之道，就如〈人寰〉中的女兒以愛心認真服侍癱瘓瀕死親人的起居衛生，猶如對待嬰兒一樣，沒有一點抱怨，固然不易做到，卻是應該學習實踐的。

黎紫書筆下的現實人生雖然顯得灰暗，但其中散發的卻是人文關懷的光輝。她特別關心社會上幽暗角落中孤獨無助的小人物，早期的作品尤以寫老者的境遇居多。新加坡作家林高在《餘生》的序中說，黎紫書對現實人生看得真切，對生命對人都是「以悲天憫人的胸襟表達她的關愛與尊重」。閱讀黎紫書的小小說，相信可以提醒讀者積極追求人生的幸福圓滿，以關愛與尊重待人，「止於至善」。

編成《黎紫書小小說》，實在滿懷感恩。黎紫書對編者的信任和包容，匯智羅國洪先生對文學出版的熱誠，是這本書得以與香港讀者見面的最重要元素。書籍的封面邀請得馬來西亞著名書籍裝幀師及作家龔萬輝先生設計，別具意義。還得感謝推動文學教育的同行者陳志堅副校長抽空撰寫推薦文章，為閱讀導航；孔惠瑜小姐慷慨提供有助編選的研究資料。最後，深切期望廣大的讀者，特別是中學老師和同學喜歡這本書，在閱讀中有所得着，並引起進一步閱讀馬來西亞華文文學作品的興趣。

輯一　家庭

矛盾與和諧

幸福時光

我總愛問，那裏面有甚麼？

我小小的手指指向那一張書桌，書桌右邊有一個抽屜總是上了鎖。

那裏面有時光，幸福時光。爸爸說。

時光？時光？我想起漫畫裏小叮噹的抽屜，有一架時光機停泊在那裏。

爸爸騙人。我又不笨，我當然知道，怎麼可能鎖得住時光。

爸爸笑。他把我和我的洋娃娃抱起來，讓我們坐到他的大腿上。

我還是有點不情願，不斷擰過頭去看那個神秘的抽屜。天黑了，天亮；天亮了，天黑……幸福時光果然都被鎖在抽屜裏，媽媽果然沒有回來了。

書桌上的光影如一台老風扇在慢慢旋轉。

這樣日復一日，直至隔壁家的林阿姨掀開一簾暗影，搬到我們家來。爸爸要我喊她媽媽。我裝了個鬼臉，不說話。

林阿姨有點窘，她走過去把房子的窗戶全打開，陽光一股腦兒湧進來。

家裏從此變得明亮，只有那抽屜的內容一直藏在幽暗之中。我告訴林阿姨，你不准碰！那是爸爸的，我的，我們的時光。

林阿姨笑得有點尷尬。可她真的不碰。她每天把書桌打掃得一塵不染，很乾淨。有一天晚上爸爸工作累了伏在那裏睡覺，就這樣不小心睡死了。早上我去喊他，看見他臉上印了淺淺的笑意，肩上還披着林阿姨夜裏為他加的毛毯。

以後家裏的環境變得困難了，林阿姨不得不出去做點小營生。她早出晚歸，但房子卻似乎常年儲存着陽光，總是窗明几淨，溫暖得讓我幾乎忘記了自己是個孤兒。

爸爸的書桌一直都在原地，然而開啟那抽屜的鑰匙卻一直找不着。在考上大學以前，我每天都坐在那裏溫習功課。光影如潮汐般退了又漲，感覺就像是小時候坐在爸爸的大腿上。深夜時林阿姨常常亮了一盞小枱燈在那裏結賬，有時候她也會累倒。我早上醒來看見那伏在案上的背影就感到害怕，總會在她背後怯怯地喊，阿姨，阿姨。

一直到我大學畢業，工作了。有一年春節時回家，夜裏又看見那坍塌在書桌上的身影，右手還掛在那抽屜的把手上。彷彿噩夢重襲，我忽然又感到無比害怕。那是第一次，我走過去，推她的肩膀，喚她，阿姨……媽！媽！

就在那天，媽媽給了我那抽屜的鑰匙。她說這是爸爸早說過的，等有一天我願意喊她媽媽了，才把鑰匙交給我。

我打開它了。裏面甚麼都沒有，幾乎是空的。只有爸爸留給我的一張字條，上面有爸爸那熟悉的字跡，寫着「你長大了，懂事了。爸爸很高興。」我腦袋空空地在那裏坐了一整個上午。是的，一整個上午。直至窗外那初春微涼的日光，終於把抽屜斟滿。

這一生

　　討厭在雨天出門。我看看天色，淋漓的雨水沖散了晨霧，打在黃泥路上濺起褐色的水花。

　　這雨，黎明時分就開始下了。我那時正好起床叫醒兒子，喂喂，開學了喔第一天上課可不准遲到。那小瓜蜷縮在被子裏不願起來，要花好大的力氣才把他揪下床，漱洗完畢再換上新買的校服，看他叼着兩塊麵包出門去了。小心啊要把傘撐穩，新傘子喔別把它忘了在學校哩。

　　孩子頭也不回，徑自走入雨中。

　　唉，真難管教喔誰叫就這麼個兒子。我一邊嘀咕一邊洗衣，一家五口的衣服啊真累人。孩子他爸真會流汗，幾件白背心都沾了鏽黃的汗漬，洗不乾淨啊準會被公公婆婆罵，他們老愛挑剔別人呢就怕我會虐待他們的兒孫。唉呀那可是我自己的老公和孩子。

　　做家務最花力氣了，孩子他爸吃了油條粥出門的時候，我還在抹地板。雨下得真大啊要小心喔聽到了嗎？我抬起頭來，那男人還來不及應聲便衝進雨裏，大雨很快就吞下了他的背影。

　　真的真的很討厭下雨天噢。晾掛在簷下的衣服一直濕答

答的，婆婆卻吵着要我陪她去拜祭公公。甚麼天氣嘛也沒想想自己的行動多麼不方便，所以說啊她最愛為難我了。我拉開窗簾，那雨還沒有歇下來的意思。好啦好啦，等我送飯到學校以後就陪你走一趟吧。

這種陰陰涼涼的天氣啊最好睡覺了，不是嗎？可是我一大早就得摸黑起來，連喘一口氣的時間也沒有。單是一頓午飯就讓人忙出一頭大汗，都是兒子喜歡吃的菜喔現在的孩子可嘴刁得很，真讓人費心。

出門的時候沒忘了摸一摸晾衣杆上的衣服，還沒乾咧。甚麼洗衣機啊白背心上的汗漬快累積成一張地圖了，我說過啊孩子的爸別亂花錢嘛，我還能洗啊洗得可乾淨呢，不過是三個人的衣服怎麼會難倒我。

雨天出門就不得不撐傘了，之前還得先上香，公公婆婆在神台上瞪着我，還是很愛刁難的樣。算了吧我老早就習慣了，人家說做媳婦啊精神壓力總是有的，好不容易才捱到今天呢孩子的爸啊我們的兒子年年考了個前三名，左鄰右里都羨慕死了。哈哈那可是我教出來的兒子喔身上還流着我的血哩。

從家裏走到學校有說長不長說短不短的一段路，啊呀好在買了一輛電單車給兒子呢，這路實在不好走。前幾年才鋪好的柏油路也真差勁，沒走幾步就踩着了坑洞，被雨水濺濕了我的褲腳。

今天是走得太慢了，都怪這討厭的雨。兒子已經等在校門

外，臉色可比下雨的天空更黑呢。好吧好吧你就別嫌了，以後不送飯來就是了。可是今天啊說甚麼也得把飯吃完，這湯啊熬了整個上午咧，聽説可以提神補腦啊你就要會考了，我和你爸都希望你考上大學呢……喂你聽到我在講甚麼嗎記得記得要把飯吃完。

不知怎麼這兒子越來越不愛跟我談話了，算甚麼嘛我每天侍候他呢。算了算了兒子大了就會長翅膀，只要他爭氣啊。我循着原路走回去，雨仍下個不停，像老天爺哭不完的眼淚。這雙腳越來越不爭氣，雨季時總會痛到骨頭裏去。又説醫學昌明甚麼的，我兒子唸醫科的咺還沒辦法醫好這風濕症。呸。

原先的柏油路加寬了，路上的汽車可多着呢，都快得像要飛起來似的，把路邊的積水都濺在我身上。啊呀明天就是清明節了要去掃墓呢。人老了就不中用啦。不知道兒子明天有沒有空呢，唉好久沒給孩子的爸掃墓了，大概墳上都長滿野草了吧。

要回到家了，這讓人傷感的雨還在下。我按響了門鈴，彎下腰來等着電動門打開，看見媳婦就在玻璃門裏叉腰站着。她的眼鏡片上閃着寒光呀塗得紅彤彤的嘴唇啟啟闔闔。啊呀我知道她又在説我的壞話了，做人家的婆婆可真難喔。

進門之前當然要去摸一摸晾在門外的衣服，還沒乾呢。這雨啊。

春滿乾坤

　　要開飯了，老二一家還沒到。慣了的，往年都這樣，但飯桌上仍不免有人鼓噪，有人掏出手機來，被她阻擾了。別，老二和他媳婦的脾氣你們不是不知道。

　　好容易等到老二一家三口坐下，這才總算到齊，完完整整的一家。三代人呢，老中青，誰的個頭都不小，頓時把小飯廳撐飽。房子裏忽然人聲鼎沸，像一鍋剛煮開的水，加上一室春景，年花簇擁，還有電視機溢出的流光與聲浪。過節就該這樣，團圓飯是該在家裏吃的。

　　於是她開始奔忙，拖鞋在廚房與飯廳之間吧嗒吧嗒地響。菜餚一盤接一盤上桌，空氣中蒸騰着油氣和飯香。老大開了一瓶酒。有人喊她，媽你坐下吧，每年都這樣弄一桌子，你不累我們看着都累了。誰又跟着起哄，對啊去年不是已經說好，今年團圓飯到福滿門吃的嘛。

　　老大的女兒即時嚷起來：「我知道我知道！奶奶那天看見電視上有個專家說啊，味道是人類最後的記憶。我說奶奶一定是怕我們吃了別處的就會忘掉她。」

　　大家失笑，笑得像電視上的罐裝笑聲那樣齊整。她也笑着端上最後一道菜。這下連素來矜持的二媳婦也認出來。鱸魚

啊，媽的拿手好戲。魚才放下，許多筷子便伸過去各取所需。有的說好啊媽這私房菜，這麼多年就是百吃不厭，有的說你沒嘗過呢人家福滿門的更有特色。

她坐下來，才發覺沒有胃口。於是靜靜地端詳圍着飯桌的一家人。除了身旁的老頭子和老二那生性腼腆的兒子在默默扒飯以外，其他人都興致高昂，說話聲量大了，尤其談到股市和房價的事。話題扯到這舊樓房，兄弟三人各有看法，很快話不投機，嗓子便粗了，酒嗝中透着戾氣，又有高吭的女聲硬生生地加入。氣氛有點糊，像快要燒出焦味來的半鍋殘羹。

「啪」，有人摔下筷子。

老頭子發作，大夥兒馬上噤聲。其時已杯盤狼藉。老二一家先走，老大一家隨後，媳婦們一個勁兒堆着笑臉打圓場。媽辛苦了，菜做得真好，哪家飯館都比不上。明年吧明年得把功夫傳給我們。

等人都走了，老三與媳婦無聲地竄到睡房。聽到拴門的聲音。依然一室春景，年花俗艷，電視機還在傾出歡騰之聲。她去收拾，老頭子在身後煮水沏茶，一邊喃喃嘀咕。

「甚麼人類最後的記憶，這下你輸得甘心了。虧你還花這些錢。剛才那鱸魚做得真一般。哪家飯館點的菜啊？」

她開始洗碗，沒回頭。

「福滿門。」

菊花

放工回家，她累得來不及脫掉高跟鞋便飛撲到沙發上。軟綿綿的絨質沙發，像誰寬大溫暖的胸懷，真教人恨不得躺在那兒睡上三天三夜。

昏昏欲睡之際，斜眼瞥見茶几上的一束鮮花，黃澄澄的金錢菊，每一朵都大如碗口，還插得像一束野草，俗不可耐。她立即從沙發上彈起來，撕開嗓門淒厲高喊：「媽！又是你在搞鬼！我說過你別自作主張，亂搞我的家，你就是不聽！」

那高八調的聲音還在廳裏迴蕩，母親已經從睡房裏探出一顆白花花的頭顱。「早上在巴剎[1]看見，漂亮，又便宜……新年嘛，擺一瓶菊花，才有新年的感覺。」

母親蒼老的聲音依然保持嘮嘮叨叨的特質，她聽了那麼多年還是覺得不耐煩。「我叫你別動我的家，聽懂了嗎？這是我的家！我講過多少次了？」

那一顆白髮蒼蒼的頭顱倏而縮回房裏。母親不再回話了，也不知是在賭氣還是在認錯。她像一個泄了氣的皮球，復又癱瘓在沙發上。

1　巴剎：馬來語中的pasar，即菜市場。

以前還沒出嫁的時候，她就常夢想能有一個真正屬於自己的家。自己設計的家居擺飾、親自挑選的窗簾、被單的花樣和沙發的款式。母親的品味太差了，老以為色彩即是美，把家裏配搭得一塌糊塗。她的朋友來拜訪時，總是忍不住掩嘴竊笑。堂堂一個美術學院高材生喔！家裏竟像色彩的亂葬崗，實在慘不忍睹。

她和母親吵過好多次了，單是盥洗室裏那一套設備就夠讓她抬不起頭來。牆上是淺藍色瓷磚、粉黃浴缸、綠色臉盆、紅色浴室鏡框、髒得發黃的白色抽水馬桶，地上則是粉紅色瓷磚。那像甚麼呢？她告訴母親每次走進浴室就覺得想嘔，惹得母親氣起來，兩人幾乎鬧翻臉。

直至她出嫁那一天，踏入這間屋子裏，她終於感覺到擁有了新天地。雖然這只是一間舊屋子，還建在政府地段上，然而那畢竟是完全屬於自己的啊！她從此就成了一間屋子的女主人。

她把舊屋子完全翻新過來，家裏的每一種裝飾都依着她本人的意思，一系列的暖色調和優雅的式樣，比起其他中等階級，她的家出落得高貴雅致多了。

想不到才過了十年安樂日子，哥哥居然將母親踢到她家裏。她心裏萬二分不願，可是看見站在家門前的母親時，她實在不忍心說出任何拒絕的話來。

果然，母親那好干涉的老毛病又發作了，她勸也勸過罵也

罵過，好幾次還氣得要把母親的包袱扔出家門，偏偏就是狠不下心。

看來，是時候為母親物色老人院了。

幾天後，她接到電話說是政府派了大隊人馬去推屋子，便十萬火急地飛奔回家。拆屋人員已經離開了，她的屋子竟完好無損地屹立在那兒。她擠進圍觀的人堆裏，看見母親背靠大門坐了下來，額上不知被甚麼擊傷了，鮮血淌下。老人家看來神智有點模糊，猶在喃喃自語。「別拆我女兒的屋子，別拆她的……我跟你們拚了。」

她心中一緊，撕破喉嚨喊了起來：「快！快叫救護車！」

醫生說母親的傷勢並無大礙，只須在醫院裏留一個晚上便可出院。她等到母親沉沉睡去才離開，卻已身心俱疲。丈夫坐在廳裏等着，她只覺心中一寬，便撲倒在那溫暖寬大的胸懷裏……

翌日早上，她與丈夫正要出門到醫院時，丈夫忽然指着茶几上那瓶枯萎的菊花。「待會兒去買過新的吧！你喜歡甚麼花？」

她看看那些垂下頭來的花朵，心裏忽然升起一股暖意，像清晨的微曦。

「菊花吧！黃色的菊花。」她說。

女王回到城堡

搬到新山以後，她和女兒的關係逐漸僵化起來。

那一天她乘的長途巴士抵達新山車站，她立即撥了一通電話到女兒的家。當時正值黎明時分，天還沒亮透，沿路的街燈也還沒熄。

接電話的是女婿，語音混濁，顯然被電話鈴聲吵醒。

「媽，怎麼這樣早呢？」開口就說了這句話，語氣中不無埋怨。她吃了多少年人間米糧了，怎會聽不懂。

後來駕車趕到車站的是女兒，剛換了一輛新車，蹬着火紅色高跟鞋四處張望，終於發現她蹲在電話亭旁邊，身邊拖拖拉拉了大包小包的行李，一愣，半晌才喊了一句：「天呀，發神經了。」

在車上，女兒告訴她：「剛才我還以為那是一堆垃圾呢！」

她但笑不語，望着車窗外飛快往後退去的風景。都是鋼筋水泥的建築物，也有幾座巍峨挺拔的高樓大廈，卻讓她益發懷念鄉下橡膠林裏的小木屋。

女兒的家是一座半獨立式雙層磚屋，前院栽滿各種花草；太多了，像擠滿庸脂俗粉的選美會。女兒舉起遙控器，電動大門緩緩打開，車子把她載入一個陌生的「家」。

住進屋裏的第一天，女兒就吵着要她把行李重新收拾一番。

「該扔的就扔掉吧，我這裏甚麼都齊全。」

「沒有甚麼好扔的，我在舊屋裏收拾了好幾天，揀來挑去，只帶了這些。都是重要的東西。」她緊緊抱住一個旅行袋，一屁股坐在另一個脹鼓鼓的包裹上。

「別鬧了，媽。你以為這裏是儲物室還是博物院？」女兒隨手打開衣櫃，搖頭。「都是些罎罎罐罐，別人會以為我媽是個撿破爛的。」

她抿着嘴巴，甚麼也不説。

城市裏的生活苦悶難熬，早上對着洗衣機説話，中午是收音機，傍晚是電視機，晚上是冷氣機了。屋子那麼大，鄰居那麼多，就是沒有一點人聲人語。女婿忙，女兒也忙，就連兩個孫兒也整日不見蹤影。只有書房裏偶爾傳來他倆的笑聲，卻往往在她推開房門的一剎那，笑聲戛然而止。兩個小孩用打量陌生人的眼光看着她，遲疑了很久才喊一聲「Grandmum」。

不知怎地，以前住在橡膠林裏，一年裏女兒一家人只回來探望兩三次，老老少少都挺和氣的，現在搬來一起住，倒覺得自己成了局外人。

一天早上從巴刹回來，看見女兒正把一大包垃圾拖到門外。女兒難得這般勤快，她大感意外，便問：「大清早，你扔甚麼啊？」

「都是你帶來的爛東西，家裏越來越多蟑螂了。」女兒舉起手臂拭去額上的汗水。

她錯愕，望着地上的「垃圾」。一隻洋娃娃露出袋口，是女兒小時候最喜歡的玩具，糾纏了好多天，又哭又鬧的，她阿爸才買回來。

回到橡膠林，已經是三天後的事。她打開鎖頭，咿呀，家門應聲而開。裏面一切依舊，只有牆角上懸掛了銀亮的蜘蛛網，還有桌椅家具都鋪了厚厚的塵埃。

她放下大包小包的行李，順手拿起桌上的一隻破鬧鐘，回憶立即湧上腦裏，是女兒的爸換了工，第一次出糧時買回來的。

她緩緩坐下，快樂地笑起來。是了，她終於回到家裏，像一個女王回到自己的城堡。

老畢的進行曲

長號手！換人！

老畢接到通知後，便在院子裏一個勁兒抽煙。奇怪的是他沒有一點抱怨的意思。整個上午，在練習廳裏傳來的音樂伴奏之下，老畢的腦子像卡住了，不斷回想起年輕時的某一天，他開口要父親託點人事把他送到這樂團來的情景。是在飯桌上，父親一臉為難，一口飯在嘴裏泡着，怎麼也嚥不下去。

我，能找誰呢。

老畢記得自己當時很生氣，為父親這窩囊的模樣。他突然推開碗筷站起來，惡狠狠地說，你這輩子實在太失敗了。

你怎麼連個朋友都沒有！

也許是因為自己年歲大了，這些天老畢屢屢夢迴當年的場景。燈下，父親捧着飯碗，一臉驚愕與愧疚，彷彿過了很久才低下頭，努力地把嘴裏的飯嚥下去。

不知道父親後來用了些甚麼法子，或是走了些甚麼親戚，老畢最終從他顫巍巍的手裏接過了介紹信。如此幾十年過去，這本是他退休前最後一次參加演出了。從外國回來的青年指揮家剛有點名氣，躊躇滿志，要演貝多芬的《英雄交響曲》。每次在練習中奏到第二樂章，葬禮進行曲，老畢總會想起父親當年

無聲無息的死與他們家草草的、冷清的喪事。於是他總是在這裏出錯，似乎只差了 1/32 拍，但指揮的耳尖，叫停。

停。

停。

停！

昨天，就在一聲咆哮那樣的喊停聲以後，老畢霍然站起來，樂譜架子都被撞倒了。他漲紅脖子，睜大眼睛瞪着那青年冷峻得像冰一樣的臉。這是張甚麼臭臉呢，這是甚麼責難與輕蔑的眼神。老畢真想衝前去給他兩個耳光。可他最後卻頹然坐下，垂下頭。是的，明明是自己慢了 1/32 拍。

所以今天接到換人的通知，老畢並不意外。只是在團裏那麼多年了，這樣退場實在有點難堪。老畢一邊抽煙一邊伸長耳朵在聽，練習廳裏傳來沒有了他的《英雄交響曲》。替換上去的長號手似乎還行，再也沒有了那 1/32 拍的失誤。沒有，哪怕是 1/64 或 1/128 拍的差異都沒有。老畢長長地歎了一口氣，不等最後一根煙燃盡便把它踩熄。

老畢提着沉重的樂器箱，一個人離開會所。門口有個在整理花圃的女工喊住他，老畢怎麼今天這麼早，不等你的寶貝音樂家兒子麼？他開車的啊。

老畢笑了笑，不知怎麼回了句奇怪的話。「他還有很長的路呢；我剩下的路，用走的便行了。」

老畢這句話也太沒頭沒腦了，那女工不禁愣了一下。等她

回過神來，想再叫住老畢，卻發現他已無聲無息地離去。她看了看，似乎只有一個淺淺的背影，提着碩大的樂器箱，在人行道那頭。

人瑞

她今年一百二十歲了。

鎂光如機關槍開動般連續打在她的身上，把她抹了厚厚一層胭脂的臉龐照得慘白。

那樣的蒼白看來有點可怖，但是也有它的好處，至少可以掩飾她臉上錯開如網的皺紋。兩個活潑的小女孩蹦蹦跳跳地走到她跟前，獻上好大的一束玫瑰花。

桃紅色的玫瑰，那麼漂亮，那麼多。她拿回來後細細數算過，一共一百二十朵。真有心思啊！

錄影機的鏡頭依然對準她。她知道自己將成為全國、甚至是全世界人民的焦點。她極力要展示一個笑容，才發覺自己笑起來的樣子並不好看，像生疏已久。倒是身邊的人笑得比她更燦爛，那一大群孫兒和曾孫，還有上百個喊不出名堂的親戚，簇擁着她和她所坐的輪椅。

其實才是上個星期的事，而且還是這一輩子最受注目的時刻。她還記得那天塗了那麼濃的妝，身邊那位肥胖的中年婦人替她畫眉和塗胭脂，還推着為她新買的輪椅跑上跑下，殷勤得很。原來她有那麼好的曾孫媳呢，怎麼看都是個不折不扣的好人。

想到這裏，她不禁稍覺遺憾。那天錄影完畢後，兒孫們一哄而散，連地址也沒有留給她。那個胖婦人轉眼便失去蹤影，許是走得匆忙，始終沒有向她道別。

電視熒幕上出現的是她的臉部特寫，果然像一枚乾癟的橘子，更可怕的是那一層胭脂紛紛龜裂和剝落，掩蓋不住她的蒼老。她想到一堵年久失修的牆壁，竟和她的臉出奇地相像。

有人開了一支香檳，身邊的人立即大聲歡呼，幾個年輕的小夥子還樂得跳了起來。身旁的胖婦人帶頭唱起生日歌，五音不全，聽來卻似乎情真意切。其他人都隨着唱了起來，歌聲響亮得很，幾乎把人家電視台的攝影棚震得搖搖欲墜。

她一鼓作氣，艱辛地要吹熄蛋糕上的十二根大蠟燭，卻留下了一根，一朵微弱的火焰正孤單地燃燒着。她覺得有必要把這最後的燭火也熄去，卻來不及了，那胖婦人把她推到燈光更濃之處，佈景是一個典雅溫馨的小客廳。啊，訪談節目正式開始了，現在舉國上下的人民只要扭開電視收看第二台的節目，便會看見她這張讓歲月無所遁形的臉，以及感受到她百子千孫的光榮。她知道自己應該展示一種和藹而滿足，甚至接近超脫的笑容，但她委實控制不了臉上的肌肉；笑了，倒像是哭。

美麗的節目主持人坐在她身旁，對她發問：「可以說一說您的養生秘訣嗎？」

秘訣？她愕然。對了對了，她早已背好答案。「不抽煙不喝酒，多吃素少吃葷，盡可能保持一定的運動量……」她察覺

眼前的每一個人都露出滿意的笑容，便嚥下一口唾液，硬把喉嚨裏的大塊濃痰吞進肚子裏。

「老太太，您有這麼多兒孫，一定不愁寂寞吧？」

她渾身一顫，心情像失手打翻的一碗熱粥，燙得她渾身都痛。她發覺喉裏又結了一口痰，不知該不該開口……

電視熒幕突然變成一片墨黑，她霍地從回憶中驚醒。一個婦女把錄影帶取出，回頭冷冷地說：「一天到晚都在看，你不膩別人也悶了。去去去，別的老人家要把你那一份晚飯也吃了。」

她向飯廳那端望去，只看見一段長長的、空洞的走廊。

日子

　　如此好幾天了，雨在雲裏醞釀，悶雷軲轆軲轆響。

　　老人躺在榻上，睜開了已然失明的雙眼，問説是誰家呀，誰家在推磨。

　　房裏唯一的一片窗日間總敞開着，天光依稀，老人蜷縮在斜照的窗影裏。大兒媳正巧從窗前走過，聽見老人的嘟噥，被嚇了一跳。多少天了，自從老人堅持要出院，回到家裏不久後便一直昏睡，偶爾醒來也説不上一句齊全話。大兒媳覺得好久沒聽過老人的聲音了，這下卻聽得這麼真切。誰家呀，誰家在推磨？

　　老人醒了，而且還半坐起來喝了些米粥，與聞訊而來的兒孫拉了些家常。大家看見老人這份精神，倒是不喜，都預感了就是這幾天的事吧，卻誰也沒説破，只是那兩天大夥兒沒事便聚到房子裏來，男的蹲在堂前屋後抽煙閒聊，女人忙前忙後，燒飯煮水，或是到房裏給老人餵粥和換洗；孩子們要不圍着電視嘻嘻哈哈地看，便是在院子裏放開聲量追逐嬉鬧，家裏養的黃狗像保姆似的跟着孩子打轉，幾隻家禽唯有退避到牆沿，笑鬧聲中便有一下沒一下地夾了狗吠與雞鴨的嘀咕。

　　這些，老人都看不見。他這兩眼，本以為患的是白內障，

後來卻診出腦瘤來。他倒是舒坦了，很快放棄治療，堅持要回家。那時候還看得見些許，睡夢中的影像也十分真切，如今醒來卻是真盲了，反而是聽覺忽然靈敏起來，彷彿聽得見老屋裏裏外外各個角落的聲響，連晌午時竄過的一陣驚風都被他聽出細節來。他聽到風裏有老大斷斷續續的說話，問老三車子行到哪裏了，老二在旁插嘴說開車得當心，路那麼長，急不得哩。

樹被風搖得沙沙響，晾在院裏的衣裳撲撲。老人聽得大媳婦腳步沉沉，頻頻打房門前過往。大女兒與老二的媳婦坐在窗下擇菜，一邊碎着嘴說鄰里間的事。狗在吠，把要跨出院門的孩子轟回頭。二女兒小聲問誰，老三呢，老三一家甚麼時候到？說着說着不知怎麼扯到老三的媳婦，幾個婦人的嗓子便壓沉了，話都拐彎，再像悶雷似的被風密密捂住。

老人沒再聽下去，大兒媳端茶進來時他讓她給他撓一撓背。那時他忽然想到要抽一口煙，大兒媳便出去把男人喚來，要他給老人準備煙袋。老人抽煙的時候，家人幾乎都簇擁到房間裏來，或是在外頭倚着窗欄觀望。空氣越來越悶滯，要不是因為聽見外頭有車聲，老二的媳婦喊了一聲「老三嗎？」大家便沒想到要走開。老人卻曉得那不是老三的車子，大兒媳似有同感，便只有她留在房裏給咳嗽的老人撫撫背。

後來老三打來電話時，有一陣急雨撒下，在頭頂的屋瓦和院裏的大葉上像一把豆子彈跳。老人聽到雨聲中細碎的人聲，大概明白了老三的車子在路上拋錨，老大老二便也急得團團

轉，但雨很快停了，那些焦躁的人聲也隨之消止，兩個女兒在門外試探似的喊過他幾遍，爸，爸。老人像含着一口痰那樣悶聲應了，女兒聽着便放心走開。倒是大兒媳進來給他換茶時，清楚聽到老人説哎大家都餓了，不等了。

大兒媳必然是出去跟她男人説了，未幾便聽得老二急勿勿地騎上機車呼嘯而去。老人不知怎麼判斷出天色已黑，想要喊住老二卻沒來得及，只咳了兩響，大兒媳探頭進來問，怎麼啦？老人搖頭，説雨要下來了。

別等了。

大兒媳再聽他這麼説，心裏不免忐忑。她哄人似地説，等等吧，再等等。説着給老人帶上窗門，便到後頭開火熱鑊去了。老人於無明中閉上雙目，聽覺又洞明起來，先是聽到了房內蚊蚋的聒噪，再聽到外面電視裏的喧騰與兒孫們的乾笑，之後是雞寮裏家禽的飽嗝，院門外路人的步履，蛙群在野地裏嗷嗷求雨；風拂過樹梢，雨，雨在西邊山頭那裏嘩啦啦地下起來了。

老人不知道自己的眼睛是睜開抑或閉起的，他覺得身體很輕，一晃便飄得老遠了。大兒媳炒菜的香味像一縷細煙，幽幽地追尋上來，從鼻孔鑽入他的臟腑。這味道讓老人記起死去的老伴，不由得依依起來。這時候他聽到胃裏一陣飢鳴，不得不睜開眼，也就聽到遠遠近近的狗吠與老大那閨女的嚷叫，説二叔三叔回來了。

且聽見滴滴答答，雨便是那時候落下來的。

留守

囡囡要被帶走，家裏的狗像是有所覺，這一上午都病懨懨的趴在角落裏，就連她帶牠出門散步，牠也不太提得起勁來。

她帶牠走老路，路口拐右，讓牠在路旁的綠化帶上拉撒，然後沿後巷走小半圈，再從大路走回來。這一天狗拒絕走進後巷裏，拉撒過了馬上拽着她走來時路。她覺得狗真知道囡囡要走了，還想回去再與她多繾綣，聞一聞她身上越來越淡薄了的孩兒香。

這狗可是看着囡囡長大的。囡囡被帶到她這兒時，才剛過滿月，如今竟然已快要四歲了。狗在這家裏可是住了十四年，從毛茸茸的一團小東西，變成了今天這老態龍鍾的模樣。

那時女兒大學還沒畢業，有一個假期她把小狗抱回來；「老爸走了，我找了一隻小狗來陪你過日子。」可女兒明明知道她向來不喜歡狗，她鼻子太敏感，忍受不了狗身上的氣味。

「這怎麼是給我找個伴？你是以為我太清閒，無端端給我一堆事情做。」

是啊，老傢伙的病拖了三年多，又屎又尿的，她筋疲力盡了。好不容易捱過去，來了一隻畜生，吃喝拉撒的事依然要由她來伺候。

後來她才知道，那狗有來路，女兒從剛交往的男朋友家裏「領養」回來，說是名種犬。

她才不管牠名不名種，她連名字也沒給牠取。（女兒倒有個英文名字給牠，她笨口拙舌，發不了那個音。）就這麼相處了十幾年。

狗就慢慢老了，女兒畢業後留在吉隆坡工作，然後嫁人，生孩子，把剛滿月的囡囡帶回來。「是你的親孫女呢，讓她陪陪你。」

最初一年多，那日日夜夜的，她年紀那麼大了，一個人帶孩子，真的心力交瘁。偶爾向女兒抱怨，反被她與她的夫婿左右開炮，對她說許多負氣的話。「連自己的媽都這樣，那我們隨便在外面找個保姆算了。」

她怎麼能不疼囡囡呢？那是她一手帶了四年的親孫女呀！四年呢，別說人，就連狗也懂得疼囡囡了。牠見着囡囡總是很歡喜的，尾巴甩得像風車輪子一樣；囡囡也喜歡牠，總是被牠逗得咯咯笑。

「那狗這麼髒，又這麼臭；媽你留心點，別讓囡囡去碰牠。」女婿說這話以後，隔好一陣子她才想起來，這狗當初就是從他家裏領回來的嘛。

據說當初被送出去的三隻小狗中，就這一隻最長命，牠的父母和兄弟姐妹全都不在了。她記得以前女兒把狗留在家裏，說好了過兩年她畢業後自己找到房子，就會把狗帶過去，當然

這麼說只是為了安撫她，過兩年，女兒大概已忘了狗的來歷，對牠完全不聞不問。

於是狗成了她一個人的狗，囡囡倒終究是她夫婦倆的女兒，給她把玩了四年，最難帶的時候過去了，女兒和丈夫就要把她帶回去，說是該上幼兒園了。

「本來去年就該帶走，我還不忍心呢，才讓她多陪你一年。」

女兒與女婿把四年來囤在她那裏的許多用品一股腦兒搬上車，放不下的那些就留下來，說下次回來再取。她點點頭說好的好的，心裏卻想，囡囡不在這兒，他們下次回來不知會是甚麼時候的事了。

她覺得還好，總算又可以去打太極，和那些未死的朋友一起去喝早茶了。

她看一眼那狗，牠一直趴在地上，耷拉着耳朵，翻起眼來看他們忙上忙下，唯有看見囡囡向牠走來的時候，牠才高興地爬起來，猛搖尾巴。

囡囡咯咯地笑了。女兒一把將她拉住，說別過去啊，狗狗髒，狗狗臭臭。

懲罰

天黑了，滾滾的墨黑，像今早在課室裏打翻的墨汁，把大楷簿子染得一塌糊塗。

給老師打過的掌心還有點發疼。「作業簿黑墨墨，成績冊紅彤彤，真是個無可救藥的孩子。」真奇怪，老師講的話以及那語氣，和媽媽像得不得了，就連神情也有點相似。難怪爸爸說，全世界的女人都一個模樣。

但，嬤嬤不同吧？嬤嬤不像媽媽和老師那樣愛説話，她早上在院子裏晾衣服時，看見提着菜籃經過的鄰居們，也不開口打招呼；她更不像老師那樣，站在走廊上跟其他老師寒暄一節課的時間。也許嬤嬤太老了，身體越來越不好，站得久了兩腿便會發軟，得趕緊坐下來歇歇。她每天早上洗衣服時，都得坐在小矮凳上慢慢的洗。嬤嬤洗衣服時，背就彎得像一個扭曲的大問號，是不是因為這樣，嬤嬤才會患上哮喘病呢？

有一陣子，嬤嬤確實變得多話起來了，只是她的話不是對別人説的，她喜歡自言自語。常常，她一個人坐在院子裏打盹、説話；打盹、説話，有時候會沒頭沒腦地喊一個相同的名字。爸爸説那是爺爺的名字。爺爺不是死了嗎？媽媽説嬤嬤離死不遠了才活見鬼，爸爸卻説嬤嬤太想念爺爺了，所以才產生

幻覺。爸爸的話讓媽媽不高興起來，於是他們又爭吵了。爸爸說媽媽不該把嬤嬤慣坐的小矮凳丟掉，媽媽着實惱了，她摔破了廳裏的一尊石膏塑像。他們就把吵架的聲音調得更高了，最後爸爸走進客房裏砰地一聲關上門，媽媽把我趕上床，熄了燈。

那天夜裏，我睡得不好，好像一直聽到嬤嬤自言自語的聲音從院子裏傳來。

發覺嬤嬤不見了是在一個下午，我剛從校車下來，便跑到院子裏找嬤嬤。還有幾天就是家長日，老師說好了一定要把家長帶到學校，不然年終考試是會被扣分的。爸爸媽媽從來沒有參加過學校的家長日，他們都忙。媽媽要知道我的操行和成績，撥一通電話去問校長就成了。她說甚麼狗屎家長日根本沒有意義，學校就愛搞些無聊活動。

爸爸和媽媽都沒去，老師就要罰我站課了。前兩年我拉了嬤嬤當我的家長，老師才不再為難我，可是今年呢？嬤嬤不在。她去了哪裏呢？爸爸別過頭去看他的報紙，媽媽睨我一眼。「小孩子別管閒事。」她說。

對於阿嬤的離開，我覺得有點怨憤又有點好奇。嬤嬤是不常上街的，她只是每天往巴剎走一趟，再慢慢踱步走回家裏。記得她「失蹤」的前一天，居然認不得路回家，後來還是鄰居看見了，把她送回來。

那一次嬤嬤回到家裏，臉色白得怕人。她抓住我的肩膀，

她説：「多麼害怕回不來了。」

　　嬤嬤是不是又在外頭迷路了，越走越遠，終於回不來呢？

　　昨晚，爸爸媽媽又吵架了。是因為我的圖畫功課，題目是老師定下來的，是「我的家庭」。我拿給媽媽看，她問我圖畫裏那個提菜籃的女人是誰。「是嬤嬤啊！」我説。媽媽的臉立即拉長了。「為甚麼還畫她？她早死了。」那時候爸爸正在看報紙，他聽了這話以後就挪下報紙，瞪着媽媽。

　　他們又吵起來。還是一貫的方式，你數落我、我數落你。爸爸説起他的石膏塑像，媽媽提起這兩個月的家用；爸爸説媽媽累他成了不孝子，以後會被天打雷劈；媽媽怪爸爸把一個老不死推給她照顧，害她染了一身尿騷味；爸爸恨媽媽心腸太狠，迫得他把嬤嬤載到老遠……

　　我還是不懂。當然，這並不重要，重要的是我今晚一定要説服爸爸或媽媽出席明天的家長日，不然我今年又得被罰站了。

忌辰

居然又有人提起忌辰的事，余家三姐弟都有點措手不及。

自從母親過世以後，好像沒有誰着意去提點大家幾月幾日誰誰誰的忌辰這回事，連大姐都不管，但其實大家都明白是因為忘了。很忙很忙啊，況且這種事情從來不是他們三人負責去記住的，以前母親還在，都是她在打點，時候到了便提早幾天搖電話來通知：後天回來吃晚飯，你爸的忌辰。

這回卻是細嬌阿姨搖來的電話，大姐接聽，她說過幾日是你們阿母的忌辰，我跟你們一起去拜山。好奇怪，忌辰又不是清明節，還要拜山麼？後來大姐通知小弟小妹，各人都覺得煩，但想到細嬌阿姨那得理不饒人的嘴臉，又想起小時候在她家住過一陣，領過她的關照之情，便覺得很無奈，討論了很久都以為這一趟非去不可，唯有約好到時開一部車子去，必要的時候小弟可以推說有要緊的公事待辦，馬上又開車子把兩個姐姐都載走。

就這麼左算計右算計，三姐弟都以為萬無一失了，要嘛大家都全身而退，要嘛沒有一個逃得了。那天真要沒頭沒腦地起個大清早，姐弟三人在接近黎明時分昏昧的光線中聚首，因為心存怨憤，便在車子裏細細數落了細嬌阿姨，直到連她兒子鬧

離婚的賬都算到這位好管閒事的長輩身上去了，三人才覺得出了一口氣，但説了這些便無話，唯有各自往不同的方向看去，胡亂想些事。

氣氛正慢慢凝結起來，坐在後面的大姐忽然細聲冒出半句話來：要是媽還在……。這種氛圍底下無端端提起母親來，大家突然覺得很不自在，反而變得更嚴肅也更沉寂了。好像在那短短的幾分鐘裏，三人都默不作聲地努力要記起母親生前的音容來。記得她那時很老了。大姐也説是的，很老了，老人痴呆的情況好像很糟糕，不是嗎？弟弟點點頭，他問你們記得嗎？媽那時候老是記錯了爸的忌辰，三幾個月就搖電話來説爸的忌辰要到了，害我們還真傻乎乎的撲回去吃飯。

大家都説不出話來。其實是因為不約而同地想起相同的往事。當時發現了真動氣，有人對媽咆哮，有人在旁不語。誰咆哮誰不語倒已經不打緊，老人痴呆就有這些問題，他們姐弟三人警惕着，以後兩年所謂「你爸的忌辰」就成了母親的「狼來了」，大家都不再輕易相信。兩年以後媽也就過世了，從此再沒有忌辰疑雲。

因為想起這段往事，余家三姐弟的心情變得有點沉重，細嬌阿姨看見他們凝重的神色倒表現得很欣賞。她一邊上香一邊説，現在的年輕人啊很少有這種心意……三姐弟聽到後都疑心細嬌阿姨又跟兒女嘔氣了，否則不會有這番感懷。他們盡量表現出自己的誠懇與謙遜，又順着細嬌阿姨的口吻説了一些似乎

有安撫作用的話。你的孩子多能幹，三表妹嫁得多好，他們多麼孝順。

幾個人在爸媽的墳前說着許多禮尚往來的好話，說到最後各人都覺得厭倦了，本來此起彼落的人聲便像燈一樣一盞接一盞地熄滅。那時天色已經大亮，三姐弟斜睨彼此的臉，都覺得睽違許久的臉都變得比以前蒼白。這時不曉得誰使了個眼色，小弟馬上記起來這裏之前大家設計好的謊言，才正想要開口，忽然聽到細嬌阿姨幽幽地說（那時大家都只看見她的背脊）：「你們阿母現在躺在墳裏面，不知會不會覺得冷清？」

姐弟三人都覺得這話問得很唐突，有點會不過意來。細嬌阿姨一點沒察覺，仍然自說自話：「以前你們阿母最怕寂寞了，你們阿爸又長年在外地工作，有時候想見自己的丈夫，還得搖電話騙他說你們三個之中誰生日了，等他回來又假戲真做的殺一隻雞弄幾個紅雞蛋，很笨很好笑。」

當然，說這話的時候，細嬌阿姨並沒有笑。這根本不好笑，余家姐姐妹妹弟弟都抬起頭來對視一眼，依然無話可說，只覺得晨光之下大家的臉又更蒼白了一點。

雨天

下着雨。

她拎着平日攜到巴刹的菜籃子，熟練地打開佈滿鏽跡的鐵門。咿呀一聲，門打開了。

檐外的雨簾密密地重疊着，垂了下來。她回頭把門帶上，想要撐開雨傘，卻忽然想起甚麼似的，蹲下身子，重新點算菜籃裏的東西。

半隻去了骨的滑油雞、醬油、蒜子，還有一盤用保鮮紙裹好的咕嚕肉，都是兒子最愛吃的菜餚。

她想起甚麼，向廳裏端坐着看報紙的丈夫看了一眼。

「叫你買的顏料呢？上次買的都乾了。你知道兒子的脾氣，不讓他繪畫，他準會吃不下飯。」

她的丈夫放下報紙，拿出那一盒嶄新的水彩顏料，隔着鐵門把顏料遞給她。

「小心啊。」丈夫輕輕拍一拍她的手背。兩雙粗糙的、皮肉鬆弛的手掌摩挲，微溫。

她心弦怵動，想要笑，卻覺得口腔苦澀，笑不出來了。

她撐開黑色大傘，瘸着左腿，一拐一拐的走進雨幕裏。她的丈夫一直站在門內，視線穿過鐵門的間隙，目送妻子滿頭銀

亮的白髮與烏黑的雨傘相互映照，在朦朧的雨景裏慢慢隱去。

朝着兒子住的地方走去，一路上觸目的都是雨。兒子十九歲了，才在藝術學院裏上了三個月的課，就是喜歡畫雨景。她仔細看過幾幅，偏是看不出其中的差別，只是由衷地討厭雨天，一切都變得朦朧不清了。

雨水濺上她的涼鞋，浸濕了她的趾頭。這條路，近半年來她不知走過多少次了，卻還是常常踩進那些水窪裏，沾得兩腳盡濕。

再走過去一點，就看到路旁兩邊的花草。以前她在這裏摘了些鮮花，插在兒子的房裏，結果被他狠狠地訓了一頓，說她沒有環保意識。

甚麼叫「環保」？她不懂。她只知道兒子喜歡這些花，每天走在上學的路上，總愛停留數分鐘，蹲下來賞花。

不知道那一天，他有沒有停下電單車來看看這些花朵。說過不買電單車給他了，但這兒子就是執拗，自己掙錢買了一輛嶄新的電單車，等她發覺時已經奈何不了。

「放心吧，沒事的。」兒子說了這句話，便開動引擎，轟隆一聲，那電單車把他穿着黑色夾克的背影，送入分不清層次的雨幕裏。

她真的不明白，開電單車算是哪門子享受，不是日曬便是雨淋啊！

兒子說她老了，當然不了解年輕人的感受。她噤聲了。明

明養育他十九年，怎麼他長得越大便越來越陌生，像是別人的兒子。

　　走到路口，向左拐個彎，她終於望見了沿路的幾棵大樹。這讓她心裏莫名地快樂起來，便加緊步伐。

　　走過第五棵大樹，再向左拐個彎，就可以到達墳場了。

輯二 人際

疏離與關懷

既然你問起

那好，我說。

那盆栽，我把它送給一個女孩了。

沒想到你會問起呢，真沒想到。哈。

……。

你怎麼會想起來的？那東西，叫黃金葛對吧？都放在那裏很久了，是我按着書上的樣式栽種的。很厚重的方形玻璃瓶，裏面墊着五彩玻璃珠，注入清水，讓一條壯志未酬的鬥魚在那裏遁跡空門。至於盤於瓶口的黃金葛，隨意就好，就幾片葉子，是日本風格的極簡約。

你其實已經不太記得那盆栽的賣相了吧。很久了，你正眼都沒看一下。黃金葛的根亂生，居然盤根錯節，證明你很久沒去打理了。鬥魚在裏面居然沒有死，但是鬥志已經被閹割，牠拖着的一扇虎斑尾已開始潰爛，吐出來的氣泡每一顆都充滿空洞的投訴。

有盆栽放着的櫃子靠牆傍窗，窗向東；晨間太陽斜照，百葉簾篩過投影，放射性的一束光箭，在那一面牆上默劇般的演出，演出太陽的早操。你前些日才問過我在發甚麼呆。本來不想說的，而既然你問起……我說，真美，你看。

你看了卻沒看，你看的是掛在那一面牆上的時鐘。幾點鐘了你還在發呆。你說着跳下床。有好一陣你就擋住我的視線，在我滿溢了晨光的視窗裏換衣服，穿絲襪，畫眉，塗口紅，瞪我，搖頭，說再見。你每天奪門而出以後，視窗裏的景致就回復靜態，晨光流動緩緩，那盆栽靜靜地忍受，日子悶聲吞下剛剛那突兀的變奏。

我還坐在床上，想想，那天上班恐怕又會遲到。

所以，當那女孩説盆栽很美的時候，我忽然意識到就是這一切，牆上的皮影戲嗎，牆角的一盆黃金葛吧，是它們把生活的節奏拖慢，把早晨的尾音拉長。是它們牽絆我，讓我每天上班都遲到。你以前都不在意，但現在你問起，我就説吧，同事為甚麼叫我「屎撈人」，其實他們説的是「Slow Man」。你沒發覺嗎？這城市的呼吸有個節奏，人們循着這節奏去生老病死；去相愛結合，去外遇和離婚，而我總是跟不上。

這就是我為甚麼要到這裏來掛診的原因。我忽然覺得應該找個機會跟你説話，我們太久沒有凝視着對方的眼睛説話了。總是因為我來不及，譬如説今早就來不及提示你衣襟上脱了一枚鈕扣，或者我來掛診就是為了要提醒你這個。我沒想過要來一場告解，事實上直至躺到這沙發上的那一刻，我還沒決定要跟你説甚麼。而你既然問起那盆黃金葛，那，我們不妨從這裏説起。

養鳥

母親去世以後，父親不知從哪裏找來兩隻鳥籠，專心一致地養起鳥來。

說父親「專心一致」並不為過，我從來沒有見過有人會像他那樣愛鳥，愛得廢寢忘食，愛得無怨無尤。

有一個周日回去探望他，還未抵達家門便看見他在二樓的陽台上。快七十歲的老人家了，加上老來被各種疾病欺上身，那曾經矯健的身子變得只剩一副皮囊，瘦得令人慘不忍睹。可怕的是他屹立在陽台的欄杆上，一手攀住身旁的柱子，一手則拿鐵錘不知在敲打甚麼。

風大，陽台上的老人搖搖欲墜。我在車裏看見這情形，嚇得幾乎要張聲驚呼；兩手抓不緊方向盤，險些撞落路旁的溝渠。

我手足無措地把父親扶下來後，他竟然皺緊眉頭，倒像是在責怪我。

「別緊張，我不是要跳樓，只是要在那兒加兩枚釘子。以後天氣晴朗，就把鳥籠掛在那裏，感覺與天空比較近，不是嗎？」

分明是歪理。我歎氣。「不如把牠們放了吧，又何必讓牠

們看見自己永遠得不到的東西呢？」

父親沒答理，他一顛一拐地拖着半瘸的左腿，走下樓。

「來看看我養的畫眉，比剛拿回來的時候好看多了。」

我依言跟在後頭。兩隻畫眉就養在樓下，原本吱吱喳喳的，一見到我便噤聲。

「牠們好乖，歌也唱得好。你知道嗎？我一天沒聽牠們唱歌便食難下嚥，總像少了點甚麼。」

我坐在藤椅上，凝望父親逗鳥兒唱歌時渾然忘我的神情。陽光像一把金粉灑在他的白髮上，卻是銀晃晃的。我想起兩年前母親還在世的時候，曾經吵着要在家裏養一對鳥兒。那時候我剛出嫁不久，有一天搖電話回家，談起這事。母親只說父親嫌鳥兒大清早便吵得他睡不下去，一聲令下就把兩隻火鳩出讓了。

我記得母親當時的失落。她在電話裏的聲音出奇地低沉，像哭。「就是喜歡鳥兒吵，屋子裏才有點生氣。你的兩個哥哥都到外地去了，連你也嫁出去，偌大的屋子只剩下兩個老傢伙，靜得令人害怕。」

我想母親是要向我暗示她的寂寞吧？忘了那時我如何應對，只知道養鳥的事就在那一通電話以後，石沉大海了。

「聽鳥兒吵個沒完沒了，我就會想起你那嘮嘮叨叨的母親。她吵起來也是這樣喋喋不休的，發不完的牢騷。」父親打開鳥籠，為籠裏的鳥兒添食。

我不語，心裏思索着每個人養鳥的真正目的。「你好久沒回來了，怎麼不跟家和一起回來陪我吃一頓飯。對了，他還好吧？」

　　我漫不經心地應了一聲。這半年來忙於公事，每天晚上回到家裏時他已蒙頭大睡。他還好嗎？我也好久沒問過他了。

　　「以前我總嫌你母親燒不出好菜，現在常常自己一個人吃，不知怎麼會懷念起那些半鹹不淡的味道⋯⋯原來兩個人吃飯的味道比較好。」

　　我低下頭。昨晚在餐桌上發現他留給我的字條，寫着：「等你回來慶祝結婚周年，久候未歸，只好先吃。你還沒吃晚餐的話，自己把菜熱了吧。」

　　早上看見他把冰箱裏的菜餚全倒進垃圾桶裏，那是一個沉默的背影，如今想來竟隱隱覺得那也是一種⋯⋯寂寞。

　　向父親辭別時，他提着兩隻鳥籠把我送到門口。「有空常回來，看看這兩隻鳥。」

　　父親的身影在汽車倒後鏡裏逐漸變小，一個拐彎，便不見了。我心裏有點難言的忐忑，不曉得該怎樣告訴父親，我的丈夫也在今天早上弄來了兩隻鳥籠，和鳥。

迴光

　　早安。我來了。嗯，遲了幾分鐘，不好意思。想要提早出門的，昨晚卻沒睡好，這些天下雨，膝蓋的老毛病又犯了，幾次痛醒過來。好不容易睡着了，又幾乎以為從此再不會醒來。

　　以前有你在，每天給我推拿，以為會好過來的。現在，現在不同了。

　　是了，就這地方作怪，這裏多用點力吧。不，不痛，你放心。唉，不認老不行，現在常常會夢見死去的朋友。老蔡你記得吧，以前常常來找我下棋的那一個，他病死前也說夢見了已經過世的老同志。嗯，你還記得他，他死了你有去弔喪，我記得了。那天晚上你自己一個，見了我都沒上前來打招呼。

　　我記得那是你搬走的三個月以後……怎麼了？不要停下來，小腿呢小腿也常常抽筋的。還記得以前你幫我推拿，我跟你說過以後我要安安靜靜地死，不要眼淚，不要有人搓麻將，不要有人剝花生。我說有你在就好了，你那時也像剛才那樣忽然停手，你呆了一陣子才問我喜不喜歡白菊花。

　　你別不說話。小欣她還好吧，明年唸五年級了不是嗎？上次我來在門口碰見她，她長得真好看，眼睛和鼻子都像你，嘴巴像她爸爸。真是一個聰慧的孩子，你把她教養得很好，只

是，這些年實在辛苦你了。真不容易。

人都不在了，那麼多年，小欣在他出事以後才生下來，算來快十一年了。你……搬出來開這小店鋪，也有六年了吧。噢。六年了。這六年我是怎麼過的呢，我都記不起來了。他們現在擔心着我接下來會不會有老人痴呆症，會不會失禁。我都這麼老了，沒有多少日子了……你，你別不說話。我一點不難過，有痴呆症我還會自己搭車到這兒來麼，我沒有痴呆，不必擔心。

剛才說到哪了？噢，我前兩次來都看到有一個來幫襯的，樣子很老實的，很殷勤，他人還不錯吧是不是？你……別走開。聽我說，要為自己打算，你還年輕，到底只是個女人，何必自己一個人撐？別走……不要哭。你……你知道我很難過。你都知道的。

唉。

這樣不是辦法。我早晚要走。我做了一份定期給你，就你搬出來那一年開始做的。別這樣看我，我沒別的意思，我們自己最清楚，那些年我們一起過日子，小欣出生還是我在醫院陪你們母女。別人要怎麼說就由得他們吧，我只要想到自己沒剩多少時日，便對這些都不在意了，只是想趁自己還能走動，多點到這裏來，看看你，看看小欣。

你知道的。

我有點睏了。這裏真好，滿屋子草藥的味道，我想睡。

替我捶捶背吧，像以前那樣。我睡着了你就停，不要給我煎藥了，這藥喝不喝都不打緊，你在就好。我來這裏就覺得自己有力氣些，年輕些……小欣回來你要叫醒我，你跟她說爺爺買了她喜歡吃的龍鬚糖。

　　記着要叫醒我。我還想醒過來再看看你……

夠了

　　要是有人問，他會說，他是被聲音逼死的。

　　是被聲音逼死，他連遺書都不知道該怎麼寫。說被聲音逼害，好像有點滑稽，他不願意自己的死有胡鬧的成分，那會叫他的妻、子、女蒙羞。想想，他們該怎樣對前來憑弔的親友交代？他想到妻、子、女語塞而難堪的神情，他覺得真愧疚。

　　他是愛他們的，人之將死，他更確認了這一點。正因為愛，他一直沒有說出來，說他們發出的聲音對他造成了多大的困擾和傷害。他的妻是不會認同的，聲音？他們都已經很少交談了。沒話題，要有，說兩句也就開始氣氛緊張，而彼此都有共識，與其咆哮，不如沉默。

　　兩個孩子還小，自然更不懂。聲音逼得死人嗎？他兒子會在飯桌上亂蹦亂跳，問他嘿老爸，你說的是不是超音波；啾啾啾（兒子會示範一個典型的超人十字刀手勢）。女兒比較懂事，因此會盯他一眼，用眼神說哼老爸你又來了。

　　這些他都可以預見，他甚麼都預見了所以他才沉默，但他的沉默不能讓世界變得安靜。每一次他和妻齟齬了妻轉過身去假裝專注於甚麼，他就發現沉默會把遠遠近近的其他聲音放大，一倍兩倍三倍……妻子手上的罐瓦在碰撞，孩子在廳裏叫

囂與爭奪，女傭在無力地勸阻，狗吠……鄰居在抱怨他家的狗很吵，狗的吠聲比平日煩躁，女傭的絮絮唸讓蚊子聞咒而至，孩子爭吵時的英語語法有錯誤，華語發音也有問題；妻的呼吸有嘲弄的意味，他甚至聽到了妻在心裏罵他神經病。

後來這些聲音一次比一次膨脹，跟聽覺無關，他讀了一堆心理學的書，知道是憂鬱症。那怎麼辦？不能跟醫生說，書上說一般的心理醫生都只懂得空談理論和濫用藥物，他不要拿自己給這些人當白老鼠。他決定忍受，嗯，他要以更大的沉默去對抗這些被沉默放大的噪音。所以他把自己隔絕，拒見人，不聽電話，日日夜夜啞忍着各種聲浪的侵襲與施虐。

而他終於敗給聲音了。不是妻、子、女的聲音，不是蚊蚋與狗，卻是那一把日日夜夜叫他死吧死了就可以解脫的聲音。他認出那是他自己的聲音，左耳右耳左腦右腦的一直在亂竄。他知道這次再也躲不了，便下定決心。

在等待藥性發作的過程裏，分分秒秒，他猶忍受着聲音的煎熬。這個空間的聲音被十倍百倍千倍地放大，他聽到蚊子把吸管「噗嗤」刺進他的皮膚裏，他甚至聽到他的妻在下一個時空裏對誰說好了這下我們終於可以安靜。他心裏一陣巨痛，終於忍不住嘶喊——「夠了！」

真奇怪，就在這一聲「夠了」以後（「了」的音尾還在樑上繚繞），他居然聽見了真正的……靜寂。所有聲音像受了驚嚇，馬上回復到正常的狀態去。那是臨終最後的一瞬了，他卻還來得及想了一下：難道這一聲「夠了」就是解蠱的咒語？

消失的後巷

　　她記得那個書報攤。那個屹立在她小學四年級至六年級歲月中的小小一個座標。

　　書報攤在哪？她不太説得上來，以前都是摸黑去的，才六點出頭的清晨，曙光未露，她走出校門拐個彎，好像那裏就有一條巷子，好像她只要一踏步就有後巷如一卷長長的地氈在腳下攤開。

　　路只有窄窄的一道，凸凸凹凹坑坑窪窪，她用穿帆布鞋的腳試驗出路的質感。兩邊有牆，觸手冰涼，有時候會寒透掌心。她就那樣扶着一面牆往前走，那後巷彷彿是未竟之暗與未抵之明的交界，像個異次元空間，她不特別感到驚怖，大概走上兩三百步也就可以看見第一盞街燈了。

　　就在第二支街燈那裏右轉，走過一些房舍，便會去到那個被掩護着的小市集。書報攤就在那兒，附近還有一些茶水檔和賣洋貨的小店。她記得總是因為去得太早了，小市集靜悄悄的有點淒冷，倒是那書報攤亮着日光燈，會有三五個更早到的男生蹲在攤子前，專注地翻閱着剛出版的連環圖。

　　她一個女生難免靦腆，通常買了連環圖便走，不學男生們租了書現場讀。一本書賣塊二，剛好是她一天的零用錢，買了

書她就只好一整天空着肚子，下課時索性躲在課室裏讀她買來的《龍虎門》、《如來神掌》或《醉拳》了。那些漫畫她是確確實實擁有過的，但後來幾次遷徙一批一批地捨棄，如今沒有留下半點痕跡，除了一些稀薄的記憶以外，再沒有甚麼可以證明她有過那一段獨自享用最新連環圖的歲月。

後來她再跟人提起那後巷，卻沒有人記得起來。有的嗎？舊同學們面面相覷，都疑惑着以前的學校四面環路，哪來後巷。她幾乎說破了嘴，有的真有的，她每逢星期二三四都走一趟，塊二錢買一本黃玉郎的連環圖。大家只說記得她沒到食堂去，但不曾有人看過她自個兒翻連環圖，於是大家都說記錯的是她，沒那段歲月，沒後巷，沒書報攤。

人們倒記得她不幸的童年，記得她來自不健全的家庭，記得她患躁鬱症的母親和不回家的父親，也記得她回應這段日子的緘默與自閉。現在可好，人們有了新發現，原來當初她還有過妄想症，給自己虛構過一段歷史。她感知那些水汪汪的同情與憐憫，便不想爭辯甚麼堅持甚麼。噢，也許我真的記錯。

其實她自己也不完全排除那樣的可能，說不定真有一條想像出來的後巷，不然怎麼那巷子總是又黑又冷，叫人記不起來，也描述不了。只有她的腳記得路的失修，手掌記得牆的冷，身體記得某日某男人的胸襲，心裏記得黑暗中亮起一盞盞的街燈。

現在她不自閉了，父母離世，跟丈夫離了婚，膝下無兒。

人家説她孤獨，她不承認也不反駁。孤獨有甚麼不好，每日她忙至天黑，才踏出辦公大樓，那一條消失經年的後巷便在她腳下攤開。她無有驚怖，因為知道走下去有燈，有等待着她的後續故事。

陽光淡淡

孩子死去那一天，陽光就這麼淡淡的，緩慢而無聲，滲入泳池的水中。

她想起來總覺得虛假，當時離孩子那麼近，卻沒有發現孩子沉落水底。不過是在池畔的躺椅上假寐幾分鐘，陽光舔她，怪舒服的，夢在遠處向她招手。睜開眼睛時，孩子已經死了。救生員把那瘦削但結實的小身軀拖上來，小臉龐便一抹紫藍，就是那種溺死者的臉。她退了兩步，怎麼會呢，剛才還活潑調皮的一個孩子，還一邊蹬着水一邊笑。

她搖頭，那不是我的孩子。目光飛掠過泳池、池畔。池水因為陽光的穿入而褪色，到處有拿着浮圈的小孩瞪着眼睛看她。一臉的同情和憐憫。

黏在她脖頸上的陽光，迅速變冷。

就這麼死了個兒子，她在這種慵懶的陽光下感到哀愁。也沒有人責怪她這做母親的，可她巨大的哀慟裏藏着心虛，想到兒子溺死前的恐懼和絕望，她心裏崩陷一個深深的窟窿。

都怪這陽光誘人入眠。她躲在房裏，只有小女兒溫順地聽她說哥哥的事。女孩太小了，大概不了解母親的愧疚和思念，卻乖巧地陪她一同想像一個男孩之死；想那靛藍色池水怎樣將

他裹住，又擁他到泳池底部，像邪教的祭典那樣將他秘密處決。

女孩猛眨動眼睛，懵懂而不動情的，無法共鳴。她有點喪氣，懊惱地背過身子。大白天裏一個人群簇擁的場所，有人的生命如冰溶解。游泳的人仍然划着水，小憩的人依然酣眠；救生員在與穿比堅尼的少女談論天氣，沒有人察覺。你哥哥就這樣死了，她幽幽地説。

這時候，母女兩個聽到屋外有人叫門。她透過百葉窗看去，瘦小個子的一個印度男孩，抱着皮球，一直在搖晃她家的鐵門。是兒子的同學，很黏性的一個朋友，近乎痴纏了。她對這孩童常感到不耐煩，丈夫也是，於是視線裏出現丈夫的背影，走前去打發他走。

「李健明在家嗎？」男孩常常被驅逐，看見大人便不經意地挺直身子，嚥一口唾液才説話。丈夫對男孩膽怯而憨直的表現感到愕然，説不出話來。他搖搖頭，做個手勢示意他走。

男孩抿着薄薄的唇，很不甘休地跨前一步。「叔叔，李健明到哪裏去了？他已經三天沒來上學了。」

丈夫照舊不語，似乎在遲疑着該怎樣回答。男孩倒是焦慮地抓住鐵門，大聲問：「是不是他生病了？同學都很想念他。」丈夫再搖搖頭，把手從鐵枝的間隙伸過去，觸摸男孩的平頭。「不是，他去外公那裏了；很遠很遠的地方，要很久很久才回來。」

男孩似懂非懂地點點頭，目光中隱隱閃着狐疑。他不知道該追問甚麼，又併住兩腳立正，深深吸一口氣。「李健明回來了，叫他快快去上學，我等他。」說罷回身走，黝黑的一個影子闖入街上淡淡的陽光中。突然又回過頭來，傻氣地搔一搔頭，大聲喊「謝謝叔叔——」。那身影薄薄的，飄搖，彷彿剪紙，被陽光穿透。

丈夫怔在那裏好一會兒才進門，她已經抱着女兒站在廳裏，相望，兩人的眼眶都紅了一圈。只有女兒不動情，眨眼睛，一邊用童稚的腔調對她耳語：「如果這哥哥也去游泳池，他一定會看見。」

窗外陽光滿溢，似乎隨時以各種形態湧入。

同居者

在這屋子裏住了快十年，直至幾個月前水管壞了，她才發現。

修水管的師傅向她展示那些物件；襯衫，襪子，香煙，雜誌，半支礦泉水，還有一隻小抱枕。

「有人住在那裏。」水管工説出他的結論。

她望着天花板，剛才水管工攀上去的地方；那不到兩英尺見方的黑洞，裏面一片漆黑，她心裏毛毛的，又覺得難以置信，怎麼可能呢？太聳人聽聞了吧。

可水管工手上的證據又讓人不得不相信，真有人住在她家的天花板上。那人是怎樣做到的呢？晚上，像個忍者那樣飛檐走壁，掀開瓦片竄進去？

水管工聳聳肩，兩人胡亂作了些猜測仍百思不得其解，最後水管工問她：「要不要報警？」

她愣了一下，再看看那黑洞，很用力地思考了十多秒，最終對那師傅説：「得了，我會自己去處理。」

她卻是沒有去處理的。待水管工把東西放回去，蓋上天花板；她付給對方修水管的錢，送他到門外，過後便鎖上門，躺在沙發上凝視着天花板。她想，那住在天花板上的人應該沒想

過要傷害她吧，要真有那樣的動機，也實在沒甚麼好猶豫的。她一個獨居的單身女子，每天下班後把自己重門深鎖在這屋子裏，看電視，做一個人的飯，洗澡，看電視，睡覺。倘若在這裏發生甚麼不測，大概要等屍臭溢出來了，才會有人發覺吧。

要是沒有危險性，她倒喜歡那樣，有個人和她住在一起。是吧？嗯，是的。從那天起，她忽然變得開朗起來，給自己添了好些顏色亮麗的新衣服和化妝品，每天下班後更想趕回家了。她把電視開得大聲一些，睡前還會開一點輕音樂，然後鑽進被窩裏聆聽天花板上的動靜。那人在嗎？喜歡這些音樂嗎？有沒有在窺視着她呢？

她真沒想過要去查個究竟，怕最後揪下來的是個蓬頭垢面的瘋漢，或者是個十分不堪的老頭子。那樣就好了，她有一種與人同居的感覺，那幾乎是一種幸福感，起碼不再孤單。她甚至在做飯的時候，想到要多做一份，然後她搖頭笑自己傻，並同時感到快樂。

要不是碰見那鄰居，她應該可以一直這樣快樂下去吧。但她畢竟遇上了，是同一排屋子的某一戶人家，有個男人。她周末早上去菜市，經過那屋子時，聽到男人對隔壁的鄰居大聲說話：「這畜生是很乖，就一點不好，牠常常把家裏的東西藏起來，衣服啦，枕頭啦，有些都找不回來了。」她心頭一震，腳步加快了些，始終不敢轉過頭去看。

她一邊走一邊想，這地方真叫人厭倦，也許該搬了。

一致

夏季已經過去。要連續幾日起床來,發現窗外吹進來的是涼風,覺得有點冷,不能再打赤膊了,他才能同意夏季已經過去。

母親不再煮綠豆湯了,那是夏日降火去燥的甜品。入了秋,廚房裏放着的便是煮好的紅豆湯,都一樣喝,昂起頭來咕嘟咕嘟。喝下去就是日子了,他幾乎不再意識自己還能有,或應該有其他選擇。

出門時經過魚缸,看見碩果僅存的一條觀賞魚。半年前裝置魚缸時買的,忘了總共有十二條抑或是十三,反正人家說很容易養的魚,卻沒養幾天便接二連三地死了。究竟是哪裏出錯呢。他覺得日子有點不對路,可說不上來有何不妥。工作是畢業後一直做到現在的工作,期間稍為升過職調過薪;女友是鬧過幾次分手而終於沒分成的女友。現在連話也說得不多了,於是順其自然地籌算着結婚的事。也像別人那樣有不大不小的一套房子,有不嬌貴也不挺爛的一部車子;也炒股,也虧過也賺了一些;也泡網,也有兩三個沒當真的網上情人;也弄了個自己的博客,沒事寫字抱怨一下政府或貼幾首貌似幽默的打油詩。

也感到無聊和厭倦，也去養一隻狗，也因為被女友投訴而將狗送人。也戒過幾次煙，也喜歡林志玲，也懷疑女友不忠而不敢探究得太清楚。也有點追悔年輕時書沒唸好或當初入錯行，也去研究一下命理星座和風水玄學，也就弄了這一缸風水魚。也像別人那樣換水給氧和餵食，也胡亂買些藥水搶救過，也就很無奈地處理那些魚的屍體。處理的方式也和別人沒甚麼不同，都是打包了扔到垃圾箱裏。

最後就剩下這一條不妥協的魚。這倒叫他為難，這和別人的養魚經驗不太一樣。竟然有一條魚半死不活地撐了半年，而且不吃他餵的魚飼，像在和他嘔氣，忤逆他，不理會他多麼努力要活得像別人一樣。為此他曾經惱火，想過要把牠扔掉，終於沒下得了手。日子久了他反而有耐性，想和這魚比，大家耗着吧，就不信比不過一條他媽的病魚。

也就每天喝一碗紅豆湯綠豆湯開始新的一日。今天也就像昨天那樣，像其他人那樣，一秒一秒一刻一刻一日一日一月一月，夏天也就過去了。當他和昨天一樣，把這些感觸從頭到尾溫習完畢以後，也就是下班後回到家門前在翻口袋找鑰匙的時候了。他把門推開，不知怎麼不敢往那魚缸看，不知怎麼總是有點怕會看見那裏面浮着一條鬥敗了翻了肚子的魚。他抓了抓頭，有點擔心此刻的害怕是不是異於尋常，是不是跟別人不一樣。

死了一個理髮師

報上有訃告，她看到那個理髮師的人頭照。

仍然在笑，眼裏閃爍着自信的光芒。她熟悉不過了，每次映在鏡裏的這張臉，盈盈地笑。你看這髮型有多好看，你隨便梳一梳就可以出門了。

她不置可否，卻陪着他笑。現在才確定了那笑是發自內心的，因為一個人如此欣賞她的頭髮，總是一再擺弄，幾乎捨不得讓她走。

也許他也這樣留戀着每一位顧客。她知道的，這理髮師眷愛的是他自己的作品，這可從他店裏用的毛巾看出端倪，不是都印着兩行黑字嗎？「理髮師所做的，也唯有理髮師能做」。

因為這兩行字，配上理髮師在鏡裏自戀的臉，她便光顧了八年。喔，現在她才認真去數算這年月，原來已經八年了。其實不是每次都滿意出來的效果，甚至也會有引來劣評的時候，可是她仍然像約會似的，定期在小小的、半間店面的髮廊裏出現。

理髮師殷勤招待，一杯茉莉花茶和一疊時尚雜誌擺在手邊。她既不喜歡茉莉那矯情的濃香，也不看雜誌模特兒縱情而頹廢的兩眼。這麼多年，那理髮師從未發覺她不沾一滴茶水，

也不碰那些書，依然每隔兩個月對她重複這一套空泛的禮節。

再說，他的收費也真貴。髮廊裏就一個師傅，倒是一兩個洗髮的年輕女生換了又換；小小的店沒有一點派頭，顧客也不多，但剪頭髮比人家貴上十元八元。若不是因為理髮師的手藝和細心，説不定也因為他自滿的笑容，以她這個文員的收入，其實不該成為他的老主顧。

現在，理髮師死了。她啜飲着咖啡，想到自己在為一個不相干的人左思右想，覺得很無聊。只是死了一個理髮師，但她沒來由的感到苦惱，以後該找誰給她理髮？這把頭髮，顯然已經熟悉了那理髮師的撫弄和梳剪，每次都順從着他的意思，變換長度和顏色。那人如此寵愛着她的頭髮，手指溫柔得情人似的。

帶着這些接近杞人憂天的煩惱，她一個下午都在發愣。同事們也沒看出來，大家都在為不同的事情發呆，或發狂。如常的，她下班後跟隨着大夥兒的腳步離開，身後的燈光馬上熄滅，路上的街燈很快又逐一亮起。她擠在公車上，嗅到很多人不一樣的體味，還有誰趁機在她身上摸了一把。這情況她一次又一次的體驗，依然覺得不解，為何人們如此逼近，卻又十分陌生。很多乘客都是慣見的臉，也有的幾乎每天見面，但大家如同幽魂似的穿越彼此，從來沒有一點感觸。

沒準也有哪一個常碰面的乘客，已經在某月某日死了，以後再沒出現。可是她想不起來，就像她辦公的地方一樣人來人

往，有些座位空了又填上新人，她也是很久都沒察覺。

　　下車以後，她往住處的方向走一段路。經過那裏，街角的髮廊，果然拉下了鐵閘，人們來來往往，大概除了她，誰也沒發現這家小小的髮廊今日沒開店。因為唯一的理髮師死了。她也只是稍為放慢腳步，匆匆瞥見鐵閘上漆着的兩行字「理髮師所做的，也唯有理髮師能做」。

　　晚上她洗了頭，坐在鏡前梳理頭髮。劉海已經長了，便記起那個死去的理髮師，本來下個禮拜就該去找他的，如今只覺得茫然，如何再找到另外一個理髮師，會像那人一樣，戀愛她的頭髮。八年了啊，她又仔細數算了一次，八年來有一個人呵護着她的頭髮。

　　現在，她明白了那也是一種幸福。「幸福」這字眼很少在她腦中出現，如今忽然浮起，她覺得酸酸澀澀的，才意識到這城裏原來有一個和她相干的人，已經死了。

失蹤

　　當警員到小李工作的單位去調查他的失蹤案子時，大家基本上已忘了誰是小李。也是因為這單位古往今來前前後後不知有過多少個小李。喏，前兩天業務部才剛來了個新人，大家也管他叫小李。所以警員盤了半天仍不得要領，只有到人事部隨便拿了些資料；經反覆推敲，左右核實，終於確認小李已經有兩個月零七天沒來上班了。

　　就在警員們準備離開時，有個某某突然想起來。啊！是他！

　　對，就是他。小李，李四。這下子大家有點眉目了。哦，就是那個小李。說起來他和其他的眾多小李也沒多大差別，就是三十幾歲的男人，長得不高不矮，不特別俊也不怎麼醜，工作不很勤勞也不十分懶，不多話也不少話，結過婚又離了婚……好吧，如果硬要說這個小李有個甚麼特點，那就是他脾氣特別好。(有人打岔：好脾氣？是膽子小吧？)(再有人打岔：該說「窩囊」才是。)(還有人打岔：得了吧你們，他只是……比較，合群。)

　　沒錯，就是這麼個小李。這跟他母親和前妻說的完全吻合。

第一個發現小李失蹤的是他的前妻阿蘭。她對小李的認知當然要比別人多些，感情也好些，所以她都不把小李叫小李了，她給他起了個小名叫「雜碎」。

　　「雜碎他怎麼會失蹤呢？雜碎他跟誰都無怨無仇，他這人最好了；誰不知道他連放個屁都要躲到廁所裏去？他做甚麼事都順應大局，跟着大夥兒走；吃了虧憋了氣也總是不吭聲。他也沒甚麼惡習，平日很少出門，唯一的愛好就是上網罵一罵人。芙蓉啦，紅花啦，老虎啦。聽他自己說，罵得很出色呢。

　　這樣的人為甚麼會失蹤？他又沒錢沒有人會綁他的票，他還欠我幾千塊錢呢還了半年都沒還清。就是因為打他的手機打不通，我這才會摸上他的小房子。」

　　然而小李沒有在他的住處。據阿蘭描述，她闖進那小房子時，裏面亮着燈，所有家具都蒙了塵。多詭秘啊，只有放在書桌上的一台電腦響着風扇轉動的殘敗之聲，而放在鍵盤旁的半杯咖啡啊，已經有蜘蛛在杯口織網了。

　　真詭異，這世上最不可能失蹤的人就這樣失蹤了。看來是在一個夜裏，或許就是兩個月零七天前的那個晚上，小李連電腦都沒來得及關上便一去不復返。兩個月零七天前是個甚麼日子呢？不是他或阿蘭或他母親的生日，不是歐洲盃決賽不是奧運開幕，不是國慶不是建黨日，不是端午不是中秋不是重陽。再說這幾個月本地區又沒發現甚麼身份不詳的男屍……

　　不管怎樣，幸好小李就是這麼個沒多少人在意他有沒有失

蹤的人。因為沒人催促，警方也就不怎麼急着偵查。就在去過他的工作單位以後，有兩個小警員再到他的住所進行最後的「調查」。其中一人因為想上ＱＱ聊聊天，便動用了小李的電腦。黑掉的屏幕馬上被激活，映入眼簾的是一個叫「第四類法庭」的網站。警員移動滑鼠看了看，不就是個類似人肉搜索的虛擬法庭嗎。嘿，還真搞得像模像樣，竟然票選了個大法官。

那大法官網名李三。是的，燕子李三。警員看了看紀錄，中選理由是「敢怒敢言，義正辭嚴；不懼強權，鋤強扶弱」。再看，中選日期似乎就在兩個多月前。呸，這小李，怎麼失蹤前就在玩這個啊。

「真無聊。」兩個警員不約而同地說。

交易

十分鐘，可以換些甚麼？

六十元，十分鐘。都説好了。

好像有點貴……行價是多少呢？她是第一次幫襯這種攤子，對收費完全沒概念。只是在商場裏走累了，星期日，那裏人好多，可以坐的地方都被人佔據了。她又不餓，不想走進快餐店，再説，那些店裏還不是都站着人；大家都在等，叉着腰的，聊着天的，倚着牆的，戴耳機聽着音樂的，都一臉疲相。

那人也是。那人守住他的攤子，坐在折疊椅上，失神地看着眼前的人流。她看出他的累，眼眶深陷着的，眼圈黑着的，鬍渣子無聲地滋滋長着的，半長不短的頭髮蓬鬆着的。那麼，六十元可以換擺在他身旁的另一張折疊椅坐一陣吧。就十分鐘！那人見她上門，便有了點精神，説得斬釘截鐵。絕不超時。

開始了。這六十元不能這樣耗了去，真為了坐下來休息十分鐘？才不呢。她多少要賺一些回來，好抵消掉花這錢的愧疚感。於是想到可以寫一篇小小説，要是運氣好，報社肯用，領了稿費也就差不多了吧。

自然要以那人為書寫對象。誰讓他賺她六十元？她有點

不甘，眼神筆直地落在對方的臉上，便不移開了，打算要讓他窘，要他忐忑，而且正好可以仔細觀察；記住他的樣子，想像他的身世，編造他的故事。

他不覺得窘，儘管覺得那女人有點怪，哪有這樣眼對眼鼻對鼻看人的。但他不理，也回看對方，目光淺淺地熨過她的臉，眉梢眼角，鼻子，嘴唇，臉上的笑紋。這些細部，他觀察得十分認真，自然也發現她的疲憊，大概在這商場走了一整天吧，臉上的彩妝大半都溶了。設想那眼蓋本來抹的是綠，便給她添點綠，腮上加點桃紅，像是給她還原。六十元，做的就是這些，還得警惕那十分鐘的時限。

有些人圍過來，又散了去，留下一些指指點點和竊竊私語。他倆都沒有把目光挪開，反正就那十分鐘，何妨忍一忍；都不語，相互凝視，讓記憶的過程在沉默中進行。

終究只花了九分三十二秒。她看了看腕錶，付他六十元，拿走對他的記憶和想像，還有那幅畫得真不怎麼樣的素描。居然有點竊喜，覺得這十分鐘的交易，自己好像有點賺。走的時候看見那人收起她剛才坐的折疊椅，把一張畫滿甚麼的紙揉成一團，丟棄。

她幾乎可以確定，自己已經被忘記。

輯三　情愛

沉湎與昇華

無花

律師說，每到夏天，離婚的人特別多。

夏天，母親會給她準備一大罐的糖漬無花果。

母親說，你回來拿吧。她一邊拿着手機說好，一邊揮筆簽字。就離了婚。

沒與舊侶吃飯，直奔城的另一頭。適逢電梯維修，爬上六樓時已汗水淋漓。她自覺臉上的彩妝都溶了，又發覺淚比汗容易蒸發。因為空腹，氣便來了。她使勁敲門，這時才覺得自己傻。大熱天趕這遠路，為一罐不值錢的糖漬無花果？

多像她的婚姻。愛的時候激情，分的時候冷靜；而且傷痕纍纍，真不值得。

來開門的是父親。她一見父親便平靜下來了。小時候受了委屈也這樣，父親來了她就不哭。以前是拘泥於父女間的陌生，而今是震懾於父親的白髮。

父親的瘸腿走路依然不自在。但素來辛勞慣了，閒不住，正忙上忙下地照料許多盆栽。全都是些觀葉植物，綠意盎然地襯出父親的華髮。她忘了是哪個夏天，母親帶着她嫁給這男人。她那時很小，躲在母親身後，怯生生地探出頭來。大日照，無花果樹與樹下的男人都背光，卻如山一樣巍峨。

她知道那叫生活。母親流着淚對她說，兩個人過日子總比一個人強。她很小便知道，一個男人也是她們母女倆的生活必需品。於是她毫不猶豫便喊了，爸。

　　嗯。回來啦，你媽在廚房。

　　這是很熟悉的回應。回來啦。後面再報上母親的所在位置。好像預設了她只為母親回來。是不是因為這樣呢，她一直覺得父親不可親近，彷彿自從多年前初次見面，她至今仍然站在母親身後。

　　可今天她沒直接去找母親。卻逕自走到窗前。以前的老屋子窗外有幾棵無花果樹，她在做功課的時候，抬頭總看見父親在樹下忙活，拖着瘸腿，汗流浹背。後來搬到這裏，只看得見別的樓房和灰濛濛的天。爸，夏天了。

　　嗯。

　　他們說，夏天離婚的人特別多。

　　父親澆花的手勢稍挫。哦。夏天的蟬叫才多呢。

　　她忍俊不禁。這不搭調聽起來多麼貼心。為這，今晚就在這裏留宿吧。她忽然覺得自己在城另一頭的家有點遠了。

　　晚上與母親坐在窗台上吃糖漬無花果。夏夜裏聽不見蟬，倒是聽到蚊蚋在振翼。母親識趣地甚麼也沒問，只是一邊在剝着核桃，不時看一看在陽台上整理盆栽的男人。她覺得彷彿又回到兒時在果樹下乘涼的情景。唯一不同的是，那時並不察覺母親眼裏有這一泓溫柔。

爸怎麼老愛種些無花的玩意呢。她抱着膝，又吃了一小塊無花果。

媽不知有沒有聽懂，低下頭來專注手上的活兒。蚊蚋在她們之間飛過，母親忽然輕聲説，其實無花果也開花，都在果實裏。

是嗎。她歪着頭，細細品味齒頰間的酸與甜。

嗯，嫁了他以後我才知道。

她笑了笑。順着母親的目光去看陽台上的身影。口腔裏有點酸澀，她不信，仍然在用舌尖去探索無花果的甜蜜與芬芳。

青花與竹刻

　　他們説我失去了一對青花瓷。

　　他們説，是清代的東西。紋飾一是冰梅，一是雙犄牡丹。青花五彩，畫工精細。他們描述得那麼詳細，就像他們當時也在場，也陪你一起物色與鑒賞。

　　他們要讓我相信你對我的情意。那一對青花瓷確實是存在過的，即使他們後來掰開你的手指取下來的，是一個竹刻筆筒。

　　地震的時候，你就做了這個嗎？抓住一個筆筒。那時候，我卻是穿着圍裙在廚房裏團團轉，兩手和臉上都沾了些麵粉。我説我要做你喜歡吃的焦糖核桃派，那很難，好在有桃子幫忙。做西點是她的強項，她就請了半天假，把她的囡囡交到託兒所，上我們家裏來幫我完成那核桃派。

　　我記得那日的天氣很不錯。核桃派快要完成了，我聞到烤箱裏飄來的甜香。桃子弄了一壺紅茶，坐在廳裏看我們的家庭照，也看這些年來你給我買的陶瓷。我告訴她，今年會是一對青花瓷，你明天就會帶回來給我當結婚周年的禮物。桃子笑。我忘了你叮嚀過的，我不該在她面前表現得太過幸福。但下午的陽光，但焦糖與核桃的香味，但紅茶與牛奶的交融，但我們

的家斟滿了舒伯特的搖籃曲⋯⋯

我們的下午茶吃的是核桃派，很成功呢。桃子説她的囡囡很久沒吃過這個了，我那時才記起她不幸的婚姻。我説你帶兩個回去給囡囡吧。而就在我到廚房弄這個的時候，我聽到桃子的手機響起。我回到廳裏，她的臉白得像骨瓷。我以為她就要在陽光裏融化了。

當我們在做這些的時候，當日子如此美好，你正在做甚麼呢？他們説你把一個筆筒緊緊握在手中。青花瓷呢？想必都碎了，變成廢墟的一部分。我只好把那筆筒揣在懷裏，像懷抱一個秘密。

他們説我失去了一對青花瓷。這麼説，是想讓我知道，地震可以帶走你的生命，但我沒有失去你。是的，你把一切都留給我，包括那筆筒。那筆筒，出門之前我對你説，給桃子買一個竹刻的玩意吧，她的生日快要到了。

我沒把筆筒給桃子，我把它放在你身旁，還有那好不容易從另一隻手中取下來的，你的手機。我看了一眼，五月十二日下午二時三十分，一個很熟悉的電話號。那時候，核桃派的香味正慢慢融入舒伯特的搖籃曲裏。也在那一刻，他們説你給我買的青花瓷，我還沒看過，就破碎了。

贅

她説她不要再減肥了。

那是在離婚八個月後，當厭食症痊癒，左腕的傷口已經結了新肉；也是她聽説前夫即將再婚的那一天下午。

於是她打開衣櫃，拿出那一件米白色長裙。珍藏了一年的裙子依然亮着珍珠般的光澤，多好的式樣、布料與剪裁啊。她連衣掛一起拿下來，覺得像在拿下一副窈窕的身軀。

這是她擁有過的最漂亮也最名貴的裙子了。當初她在櫥窗前站了好幾天，才咬着牙走進店裏。售貨員説這裙子就這個尺碼了，而且剪裁偏小，恐怕不適合她。但她不在意。她説這樣才好。這樣我就會痛下決心去減肥。

當時結婚才多久呢。男人的桃色緋聞和許多謠言正開始滲入他們的生活。她見過那傳聞中的女人，真高挑，及膝裙下露出十分修長的小腿。就那一眼她便不免氣餒了。可那麼多年的感情，那麼優秀的丈夫，怎麼能就此放棄。她對售貨員説，我要，就這件。

為這件裙子，她悄悄把生活的重心放在一堆健身器材上。如今這些東西還堆放在客廳一隅。有一台健身車，還有一台甩脂機。其他的有折疊式健腹板，呼拉圈，跳繩，扭腰盤，體重

秤。有一件桑拿去脂腰帶被扔掉了。她粗略地計算過，總共花了六七千元吧。其他的，有幾個瘦身療程，幾個教健身舞的光盤，減肥茶，低熱量代餐，健身中心一年會員費。

春天時謠言如花粉飄飛，男人找各種理由不歸。她三天兩頭都站在鏡前試穿那件裙子。不行，得深呼吸，收腹。裙子是套進去了，但脂膏四溢，胸中憋住一口悶氣，鏡裏的她彷彿比平日更臃腫。

男人提出離婚的時候，她剛被診出患上厭食症。那段日子是怎麼熬過去的呢？抽脂，流淚，放血，那樣一寸一寸地掏空自己。那件美得像婚紗一樣的長裙終於能輕易穿上去了，可並沒有想像中的好看。裙子太長，領口太寬，讓她感覺自己的身體像一個衣掛。

在她聽到前夫的婚訊時，冬天恰恰已經過去。她用手指碰觸左腕的創疤，隱隱還有些疼。那個下午，她用了點時間給朋友打電話，説她以後不再減肥了。其餘的時間，她把健身器材清理了一下，打算都送人。東西真多呢。其中最笨重的是那一台健身車，最名貴的是那件米白色長裙。

傍晚來臨以前，她給前夫發了個短信，説恭喜。然後她推開窗，風捲進來一些棉絮似的花粉。她長長地吁了一口氣。

內容

沒有甚麼會比時間更有耐性了。

真的。譬如那一對枕頭，每一天晚上他們都把頭枕在那裏，在上面做夢，也曾經在很甜蜜的新婚期，他們周末早上起床，賴在床上調笑，常常會抓起枕頭嬉鬧地拍打對方。然後擁抱，然後歡好。

唉那些美好的日子。從青蘋果那樣生澀的初戀開始，結婚的時候還是苦過的，不顧親人的白眼和家人的微詞；儘管經濟和祝福都拮据了些，總還是執子之手了。那時小公寓裏家徒四壁，他們去買了一張雙人床褥和一張沙發；小夫妻倆漲紅着臉，好容易才向店老闆討了一對枕頭當贈品。

因為有過共患難的日子，便近乎自然地以為可以共尋常、共富貴。一切如願，生活逐日安定下來，公寓裏的家具一件一件地添置。後來再換了一間大一些的房子，家具又添了些換了些，就那一對枕頭她不捨；女兒家心事，把枕頭當成了紀念品或證據那樣的物事。

而畢竟時間比他倆都更有耐性一些，也比愛情和婚姻都更沉着些。那是種漂白似的效果，感情在逐日褪色，而被漂白過的婚姻變得乾燥了些，質脆了些，只是那日日夜夜把婚姻穿在

身上的兩人，不覺。就像那一對枕頭，被他們各自枕出自己的頭形來，也慢慢地失去了原來的彈性，再也承托不了兩人的夢境了。然而他們就是習慣了，就是不察覺，或者是不以為意，枕頭變成了一個徒具象徵意義的符號——因為是雙人床，總該有一對枕頭。

這是種對稱，是種平衡，她以為生活是應該那樣的。所以在離婚後，她也沒想過要把一隻枕頭扔掉，而是每晚把兩隻枕頭疊起來，在雙人床的中間，承載她一個人的夢。

枕頭吸收了一些她的淚水，又在時間的漂白中浸淫久了，終於有一天，在她把枕頭拿到太陽底下曝曬了一日以後，有一隻便脆裂開來。她從那裂口裏扯出一些破棉絮，破棉絮，破棉絮，破棉……醫院裏用的米色橡膠手套……沾血的棉花團……有鏽色污漬的繃帶……

那天她第一次在離婚後給他打電話，對方像是正在酒廊裏，周遭有攪拌中的樂聲和女聲。她遲疑了一下，想要告訴他枕頭的事，可他卻對她的躊躇感到不耐煩，只說若不是緊要的事，明天再談吧。她是在那一刻才知道的，經過了那麼多年以後，他們之間再沒剩下甚麼內容了，就只是一些破棉絮，破棉絮，破棉絮。

癒

　　也許是因為沒了桂花的香氣，也許不是；也許是因為早來的西北風讓人清醒；也許是因為路上剛好有一輛車子響了車笛，也許都不是。

　　他沒變，幾乎看不出來歲月是怎樣過去的。站在原來有一棵桂花樹，現在換成了一杆路燈的地方。看來像站了很久，彷彿從未離開。她拐過街角，遠遠的便看見他站在那兒。原地，他們的老地方，他在用手機在跟誰通電話。

　　當然不是她。她佇立在街角，扶着牆，這距離，夠讓她看清楚而又不輕易被他發現。她不自禁地掏出手機來看看，確實是沒響過的。也對，手機號碼更改了已有兩年。自從他離開，她等了十五個月，杳無音訊，便終於聽從輔導師的建議，把有關他的一切都扔掉。一切。

　　一切？嗯，一切。她跟着輔導師唸一遍。覺得所謂「一切」，包括她自己。

　　她做到了，卻仍然每周都到輔導中心，說自己還沒痊癒。輔導師看不出殘存的問題。不是全都扔了嗎？她確實已振作起來，工作，生活，也戀愛，分手，過着平常人的平常日子。她心裏卻是明白的。她只是想找個藉口從那裏走過，讓自己路經

那個他們相識的地方，那一棵桂花樹下。每經過那裏，她總是要瞥一眼的，看他在不在。而瞥了那一眼，她就知道自己尚未復原。

她深信自己還愛着他。每次走到那街角，快要看見他們的桂花樹了，她心裏便忐忑，便很用力地咀嚼嘴裏的口香糖。幾次想不朝那裏看，甚至刻意低着頭匆匆行過，然而走過去很遠了，甚至也曾拐了一個街角，她終於還是忍不住霍然轉身。

他不在。不在。桂花樹後來也不在了。但她對輔導師說，那裏依然聞得到桂花香。

而今他在。她往後退了兩步，把自己藏在牆的陰影裏。他沒變呢，那風采。要不是因為桂花樹已換成路燈，她幾乎忘記了時光的流逝。而她不敢走過去，只有一直站在那裏凝視他的身影。看他邊說邊笑，說完後又帶着笑意發了個短信。

當然不是給她發的。但她忍不住看了一眼自己的手機。沒有。

就那一瞬，她忽然強烈地感到憎恨。為甚麼要在這裏呢？他在和誰說笑，憑甚麼那樣快樂。就像是他已忘記那裏曾經有過一棵桂花樹，以及桂花樹下那些往事。

這恨是前所未有的。即使當初他說走就走，在她難過得尋死的時候，都不曾覺得恨。可就那一瞬，當他對着手機笑得如沐春風，她突然被恨的感覺脹滿胸臆，覺得路燈下的人怎麼可以那樣醜陋可鄙。她怔在那裏，覺得心燒起來，慢慢地，逐漸

感受到四周。四周，像一個黑白世界緩緩轉成彩色；晨風和朝陽徐徐將城市浸透，街上有車子響了喇叭。

她長長吁了一口氣，轉身往回走。在路上給輔導中心打電話。她說，以後都不去了。

怎麼啦。

病好了，聞不到桂花香了，我。

舍

前夫問起她留下的衣服，她才想起有很多她的物事，還留在前夫的家裏。

「前夫的家」，這麼說她自己覺得怪。那房子曾經也是她的家，他們的，他們一起去看的示範屋，一起圈選的單位，一起簽的合約，一起還的貸款。

入伙前還是她去髹的漆，她去選購的燈飾和家具，她跑的電器店，她厚着臉皮還的價，她刷的卡。

新居入伙有個聚餐，前夫點的餐，她親手設計和打印的請柬。

還有一對他們一起養的金毛犬。

因為有過這些，後來要把「我們的家」改稱「前夫的家」，有一個很長的過渡期。

離婚以後她搬出去了，有一段時間當她提到那房子時，她說的是「舊家」。她有那麼多物件還在那裏。衣櫃裏有許多她不怎麼穿的衣服，書房裏有她不打算看的書，儲物間裏有她弦斷多年的二胡。她一直還拿着舊家的鑰匙，前夫說方便她隨時回來取物。

有時候前夫出差，還得讓她回去看顧兩隻狗。

這樣過了一年半載，兩隻狗當中死了一隻，她聽說前夫身邊有了新的人，便回去狠狠地收拾一番。那房子終究是她住了許多年，並且原以為會住上一輩子的地方，真要收拾起來才發覺屬於她的物事無處不在，遠比她最初設想的多。那樣花了幾天時間，扔掉許多東西，留下的卻還是多得讓她吃不消，不是她租來的小房子所能安置的。於是她向前夫打了個招呼，在他的家裏給她保留一個房間，當作她的儲物室。她每隔三兩個月總得回去一趟。每次回去都挑無人在家的時刻；一般是下午，房子裏靜得分泌出時間的心跳。她開了門直接往樓上她的房間走去，雖刻意目不斜視，卻還是感覺到房子裏種種細微而愈漸明顯的變化。她在房子更動的格局裏感知了前夫的改變與固執，那些在某些舊習慣上培養出來的新方式。

客廳比以前整潔多了，唯一凌亂的是玄關那裏隨處散落的許多女裝鞋子。她因而也感知了另一人的存在，那女子的品味，習性與氣息，甚至能由此推敲出他們兩人生活的各種細節。夠了。這讓她感到不自在，便刻意地避免再去前夫的家，或者盡量避免走進屋裏。

偶爾回去，多是為了探望那隻孤單老邁的狗。

忽然前夫問起那些她打包好了，堆放在「保留地」一隅的衣物。說那些衣服的質料那麼好，她若不要，也許可以讓他的兩個姐姐挑走一些。

她有些錯愕，覺得有些不妥，霎時間卻想不明白，便說

她先找一日過去看一看。晚上臨睡前她才想起來前夫的兩個姐姐與她的體形差異頗大,那些衣服不太可能合身。於是她好像就洞悉了其中的玄機,並且忍不住想像那女子穿着她過去的衣裙,與她過去的男人住在她過去的家裏。

奇怪呢,為此她對前夫感到有點失望。

翌日下午她過去前夫的家,狗依然歡喜,屋裏無人。她走上樓,在她的領地裏發現了吸塵機、舊電視和其他幾樣不屬於她的物事。忽然她才明白了自己真正介懷的是甚麼。她早該想到的,在這無人地帶,怎麼前夫會知道她那些繫好的袋子裏放的是甚麼?

於是她用了兩個下午再收拾一遍,把上一回收拾時許多介於留與不留之間的東西分作幾趟載走。至於那好幾袋衣服,在回家的路上她拐了個大彎,都送到慈濟的環保回收中心。

自滿

救了兩隻小貓咪，她可開心了。

兩隻呢，全身而退，一隻也不少。之所以如此開心，是因為這事情難度太高了。

兩隻小貓想必是因為好玩，在她家院子裏，把通往下水道的涵管當滑梯，卻因為那水泥管太長太陡，爬不上來了，於是喵嗚喵嗚徹夜哀叫。

她本來不以為意，以為愛貓的馬來鄰居又收養了愛吵的新貓咪。傍晚時她發現平日常在她家院子裏晃蕩的母貓，伏身在涵洞外怪叫，才驚覺不妙，馬上抄了手電筒往裏頭一照，果然看見那狹長的涵管盡處有貓影晃動。

老天！在這裏！

拯救小貓的行動馬上展開。她一個人，還是個物理白痴，因而一直有個衝動想找他幫忙，卻又好不容易把這想法壓下來。以前要遇上這種事，肯定會是他動手，她只有在一旁乾着急，或是當個助手，替他在工具箱裏翻來找去。即便那樣，她也時常被他小責或取笑──怎麼連工具的名字也搞不清楚？而且總是慌慌張張的，幹點小事也常出差錯。

眼看天這麼晚了，她打開工具箱，腦中一片渾沌，又聽得

小貓的哀叫愈漸淒涼，忍不住再掏出手機，卻想到他必然以為她只是故意找個藉口想要修好，而自己恐怕還真會因此心軟，又跟他瞎纏，直至下次他們再爭吵，再分手。她咬了咬牙，深深吸了一口氣，腦裏似乎真有一台生鏽已久的機械，慢慢開動。

她想法子運了半杯貓糧和水（原來滿滿的一杯，抵達目的地時只剩下小半杯），又找來繩子和晾衣夾，動手做了應急版和改良版的兩套「救生梯」，卻不太能説服自己那東西能有作用。凌晨三點時忽然福至心靈，她拿着手電筒和工具箱裏找來的剪子，到後院的籬笆上剪下一截鐵絲網，剪成三長條後，連結成十尺來長的一卷，把它鋪展到排水管裏，好讓小貓循徑而上。做完這些，天已微亮，她漱洗時才知道兩手遭受的刮傷，擦損，還有被磨出來的水泡，還會加倍再加倍地痛。

那時刻她忽然想給他發簡訊，申訴一下這苦，必定能從他那裏得到一點呵護。可轉念一想，他能給的頂多是一點溫言軟語吧，其實絲毫不能減輕她的疼痛，遂而打消念頭，自己去打開緊急藥箱。

正想上床時，聽見外頭淅瀝瀝，竟然下起雨來了，雨勢還不小呢。想到雨水會灌進下水道，兩隻小貓卻還沒發現她為牠們準備的逃生之路呢！她以為一晚上的辛勞馬上要付諸流水了，不禁感到焦急和悲憤，當時想到的也還是要聯繫他，讓他來想想辦法。

可是，這樣的時候，他能有甚麼辦法可想呢？總不能讓雨停下來吧？無非是說些安撫的話，告訴她謀事在人，成事在天；去睡覺吧。既然是那樣，她最終放下電話，歎了一口氣，靜靜地祈禱。

也許是禱告奏效，小睡後醒來，發現雨停了。兩隻小貓已爬出洞口，累倒在雨後的陽光下。她把牠們撿起來，稍微清洗，靜靜等待母貓出現，並且終於在下午見證了牠們的團聚。貓兒們離開以後，她裁了鐵絲網把那涵洞封住，終於覺得事情完結，自己居然獨力支撐到最後。

洗過澡後，她倒頭便睡。在闔上眼睛至沉沉睡去之間，她有非常短暫卻十分清醒的幾秒鐘，為自己感到驕傲。是的這真了不起，這麼一個不可能的任務，她把小貓救回來了；還有更難的是——她始終沒有找他。在迷茫的時候沒有，在疼痛的時候沒有，如今在欣喜和疲憊中，也沒有。

夜遊

追蹤七日，調查有了結果。她接過一疊照片和文件，先看上面記錄的時間地點。

時間自然是在晚上。她睡着以後。她可以想像，夜裏一個人躡足出門。走了不少路。路線很明瞭。這些她早已經推測出來。根據鞋跟上的紅泥，腐葉；外套上的潮濕，還有狗兒趾爪上的褐紅色泥巴。

「不就是去遛狗嗎？儘管是有點晚了。」偵探社的人聳聳肩，一邊給她開收據。

她抿着嘴甚麼也沒說。不想說，也很難說明白。問題不在遛狗，問題在於遛狗的路線。那是以前與舊情人散步的路線。但不是已信誓旦旦地說了不再想念舊情人嗎？說得那麼斬釘截鐵，那樣情真意切。她也就信以為真，幾經掙扎，終於不再懷疑，接受了他的求婚。

事實卻叫人心疼。她甚至感到難堪。當她發現了那些蛛絲馬跡以後，就一直忐忑不安。真相是明擺在那裏的，每晚，就在她睡着以後，自個兒悄悄帶着狗出門。走以前的老路，難道不是為了緬懷路上的舊情，或者也下意識地希望再遇上舊情人？

為這，她好不容易才說服自己：當日那些信誓，算不上欺騙。但毫無疑問，這裏面有不忠。她每天早上起來，先去檢查那些「罪證」，再安靜而悲傷地為他準備早餐，看他在早餐桌上閱報，偶爾對她說些社會上的時事，也聊一聊周末的安排或辦公室裏的趣事。或者侃侃而談或者情深款款，自然得像個沒事的人。顯然沒察覺她已經察覺的，那些，真假與虛實。

　　或者她也應該裝成渾無所覺，繼續過他們兩人的日常生活。偏偏她做不到。這樣長期憋着也讓她變得越來越神經質。那些泥巴，那些痕跡，還在嗎還在嗎？她甚至害怕入睡。晚上總是用很多的電視節目和咖啡拖延着上床的時間，像個誠惶誠恐的看守者。

　　這樣下去終究不是辦法。醫生警告她，這會把自己的身體弄垮。於是她找了這家私家偵探社，委託了一周的任務——跟蹤，拍照，記下走過的路線。路上有沒有停留？停在公園那紅泥土坡上嗎？

　　她猜的顯然沒錯。儘管早已心裏有譜，然而在看了那些照片和路線圖以後，她的一顆心還是制不住往下沉。證據確鑿了。她苦笑，接過偵探社給的收據，然後禮貌而冷淡地道謝。那男人倒是熱絡，不僅相送她到樓梯口，還忙不迭地向她推薦幾個醫生。

　　「我說啊太太，深夜出門總是不妥，你這夢遊症該想辦法治一治了。」

輯四　抉擇

代價與收穫

無從

店員說，只有一個品牌，一個款式，被壟斷了。

哦。他聳聳肩。沒關係，就要一個吧。

那還好些。原先還煩心這個呢，要是買錯了或買貴了，妻是要說話的；朋友和同事知道了也一定會有意見。現在好了，沒有選擇也就無所謂對錯，沒有對錯也就無所謂褒貶，無所謂……那他也就安全了。

對於他這種無所謂的態度，旁人未必無所謂。妻是最在意的一個，總是在試圖糾正他，總是怕他吃虧。他一貫的反應總是呆呆的，只會神經質地聳聳肩。隨便吧，你說呢。這反而使得妻更歇斯底里，有時候她真罵得兇了，他心裏會想，我要不是這性格，怎麼會娶你呢。然後，在心裏竊笑，也就覺得舒坦了些。

同事倒喜歡他這樣，不爭，無聲，排隊總站在最後。因此他的人緣向來不錯，辦公室裏的鬥爭怎麼也沒把他捲進去。妻生氣的也是這個，沒了沒了，沒有冒險的機會能有甚麼出息？妻跟他鬧擰，很久不跟他說話，帶孩子回娘家；抗議，杯葛，就只欠沒把「離婚」說出口。大概是熟知他那無所謂的個性，怕他真會聳聳肩，就答應說好。

他還是不明白。都多大的人了還是搞不懂，那些選擇到底是怎麼回事。它們往往無關孰優孰劣，ＡＢＣＤ差別的就是個名稱或顏色，而不是本質。那天，那天他碰上多年不見的初戀情人，看她變成一個滿面油光的胖婦人，打招呼時嘴裏還塞滿了零食呢。當時他瞥了妻一眼，看見她那副得意至極的嘴臉。晚上臨睡前，妻猶忍不住笑，說你這輩子總算有選對的時候哈。

他假裝入睡，心裏嘀咕，其實他哪有選，當年是對方做的選擇。

算了，反正現在他知道，人們不真的在意有甚麼可以選，大家要的是做出選擇時的滿足感。這他無所謂，他可以出讓……因此就在他剛打開出租車的車門，一個婦女貓似的從一旁竄出，搶先跳進車裏，他雖然愣了一下，卻還是聳聳肩，禮貌地把門關上。

下一輛出租車也沒隔多久就出現了。他順利上車，車子才過了兩個路口，他就看到適才那一輛沒坐上的出租車，在交通燈前被大卡車撞翻了。很多人在圍觀，車子看來損壞得很嚴重。裏面的人呢？他沒來得及看清楚，他坐的車子便拐了個彎。奇怪的，車禍呢，他心裏卻居然有一絲安慰。可這時候司機喃喃地説起話來了。

「剛才那個發生車禍的司機啊，無端端被人換了班卻不肯爭回來，老是説隨便吧無所謂……」

贏家

　　她忽然覺得應該說了。就在他們的金婚紀念晚宴上。

　　兒孫們給辦的宴席，親朋友好都來了。五十年啊，兩老恩愛如昔，談何容易。他們一生節儉慣了的，自然不願這般鋪張，但拗不過小輩們，況且想想也對，活到這把年紀，一輩子胼手胝足養家活口，這晚年的福難道受不起麼。

　　就在切了蛋糕後，老伴被請上台說點感言啊謝詞甚麼的。那老傢伙喝了點酒興致便高了，越扯越遠，說起以前怎樣打拼吃苦的事。說到最艱難的那段日子，差點沒淌下老淚。「哪像現在，你們坐在家裏炒炒股便能大把大把銀紙賺回來。」他看了一眼台下的老妻，不無感激的意思。「那時候一家人要吃飽飯都不容易了，孩子還得上學，不時生點小病討點小債，我們沒多餘錢，頂多只能每月省下來買一張彩票買個希望，希望老天垂顧。」

　　她微笑，卻不禁紅了眼眶。往事歷歷。就在那一刻，她意識到這便是她等待了幾十年的時機，該說了。

　　「其實他說得不對，我賭過的，還大大的賭了一局。」到她上台說話，便直接說了。「那一局，在三十多年前，我賭了個天文數字。」

人們嘩然。老太太怎麼啦，也沒見喝多少，腰背還是挺直的，眼神還是清澈的，不像在說醉話。她洞悉人們，包括她老伴的詫異和疑惑，便深深呼吸一口氣。

「那時他把彩票交給我，每個月開彩都由我去核對。有一次，對出了個二獎來，獎金八十萬。」她有點緊張，得先清一清嗓子。「我那時興奮得很，馬上跑去他工作的地方，想告訴他這好消息。也真是樂昏了頭，還穿着木屐，在街上沒命地跑。」

「可是我一邊跑一邊冒冷汗。我在想有了這些錢以後的日子就好過了，可以有新房子，有車子，有新衣服，孩子有好吃的，可以上好學校。可是，有了這些，以後呢？」她緩緩抬頭，看向半空，似乎那裏上映着當年的一幕。

「那個『以後』讓我一片空白，我甚麼都想不出來，忽然感到很害怕。」

「我真笨，不知道該怎麼辦，一個人站在街頭呆了好久。後來，後來，後來我……」也許因為全場一片寂靜，氣氛很怪異，她忽然沒了說下去的勇氣，便漲紅臉開始哽咽。正尷尬處，一隻蒼勁的手搭上她的手腕。

「還說甚麼呢，今晚不就是後來了麼。」

童年的最後一天

夏日炎炎，黑狗炭頭是那樣走路的——躡手躡腳，舌頭伸得好長。好長，幾乎要觸到路面了。哈。

大太陽讓上學的路變得漫長。炭頭一路上呵呵呵地努力呼吸，直至走到學校門口，女孩拿手上的野芒草抽一抽牠的頭。去吧，放學時再來。炭頭才轉身往回家的路上呵呵呵地走。夏日的陽光讓炭頭看來比平日黑得更純粹一些，皮毛發亮，長尾巴豎起來搧啊搧的，像在趕蒼蠅。也像媽媽坐在病榻上搖蒲扇的動作和節拍。夏日的夜，納涼，趕蚊蚋，驅不走的鬱悶。

炭頭是在媽媽犯病後才來的。女孩那時誤以為是隻小貓，把牠撿回來。爸爸不喜歡炭頭，他說狗毛會讓媽媽的病加重。女孩聽話把小狗丟棄，可牠自己循路回來，女孩就再也捨不得了。不依不依不依！她一臉倔強，把小狗緊緊揣在懷中，爸沒轍。鄰居說自來狗是好兆頭，而小狗還真適時地在家裏發現了借宿的毒蛇，汪汪汪，算是救了大家的命。媽先心軟了，爸也就無話。從此家裏多了條狗，黑不溜秋的，叫炭頭吧。

炭頭真黑，渾身不夾半絲雜毛。只有眼珠略帶棕褐，像兩枚琥珀色鈕扣釘在一團黑絨上。這雙眼睛就那樣看着女孩一年一年長大，也陪女孩一起凝視媽媽染在牆上的身影，以及爸爸

愈來愈精瘦黝黑的背脊。

　　媽媽到醫院去的次數日愈頻繁，留診的時間愈來愈長。上門來討債的人似乎多了些，勤了些。也有熱心的鄰里打聽了各種偏方，或送來一些奇怪的野味與草藥。爸爸傍着爐灶靜靜地熬藥和抽煙。隔壁家的大娘經常過來、還在說着一大堆偏方的名目，不時瞟一眼炭頭。還差一味黑狗血啊。

　　女孩聽得毛骨悚然。她回過身來狠狠地瞪着那大娘。爸爸卻沉靜地看着自己吐出來的煙霧。夏日，只有知了在外頭窮嚷嚷，像無休止的抱怨。

　　知了的喧鬧，在課堂裏也聽得到。女孩有點煩。好不容易等到放學的鐘聲響起，她收拾書包走到門口。那裏人很多，人聲比知了的叫聲鼎沸。她沒聽到炭頭的吠聲，沒像往常一樣，有一隻黑狗搖着尾巴向她奔來。女孩只看見爸爸站在前面的樹蔭下，難得地，沒有抽煙。

　　那一天，爸爸陪她走回家的路。女孩甚麼也沒問，沉默地讓爸爸牽着她的手。只有在半路時她忽然想起炭頭伸長舌頭躡手躡腳走路的樣子，才忍不住把手抽回，咬着唇狠狠地擦眼淚。

失去的童年

女售貨員再一次問他：「先生，你確定要這一套嗎？」

他以堅定的眼神回答。當然。心裏卻暗自嘀咕，這售貨員真囉唆，前後問過三次了：確定嗎？確定嗎？確定嗎？這可不是小孩子來買塑膠玩具，況且這套東西根本不是一般人負擔得起的，沒想清楚哪敢買？

進門的時候已經說清楚了，要給孩子買一套最新式的虛擬實境遊戲，就是電視上頻頻賣廣告的那一款，據說效果驚人地逼真，還剛拿了今年度國際最具創意電子產品大獎。那時這售貨員還會心一笑，告訴他很多父親都來買了，而且所有父親都像他一樣，臉上帶着自豪的微笑；都說，是給孩子買的。

喔，是嗎。他有點懷疑，恐怕這女孩是為了促銷新產品才這麼說的吧。總不可能會有那麼多父親像他一樣，有那麼聰明出色的孩子。這麼想，他開始覺得這售貨員不很老實，便對這人有點感到厭惡。

真正的惡感其實來自後來的迭聲追問，確定嗎確定嗎確定嗎。他氣得幾乎想要將兒子的事告訴對方。那孩子才十二歲，已經是公認的電腦奇才，這都因為他八年來的落力栽培啊！八年了，孩子四歲開始碰電腦鍵盤，從此所有的玩具與書本都跟

電腦有關；七歲開始連續五年在「全國電腦兒童大賽」贏得冠軍，現在還有跨國大集團找上門來，要跟這孩子簽約買版權。

他的良苦用心有了回報，那喜悅不知該從何說起。這區區一個年輕售貨員當然不懂，所有的成就與光榮背後必得付出代價。他這做父親的既自豪又心虛，其實心裏清楚，那八年是以兒子的童年作抵押，而這是他狠心代兒子所做的選擇。

因為這樣，他才會想到要買這一套這一款。虛擬實境不是甚麼新花樣，新奇的是這一款叫「失去的童年」，據說可以讓玩者「回到」那捉蟋蟀打野架的年代，還可以玩彈珠放風箏、到溪澗游泳到人家的果園摘果子……那些都是他經常向兒子描述的遊戲。

兒子自懂事以來便有意無意地追問，爸爸告訴我童年是怎麼回事，告訴我你的童年怎麼過。爸爸爸爸告訴我。他凝視着孩子無邪的眼睛，真感到抱歉。喔孩子你真無辜。他牽着孩子的手一一細說，你爸爸小時候才壞蛋呢，打野雀捉蟋蟀玩彈珠放風箏……多可惜啊這些你都不能享有了，多可惜你只能幻想和虛構。

女售貨員親切地笑着，把貨品交到他手上。她說真奇怪喔怎麼每個父親都挑「失去的童年」這一款，可是先生你真想不到，後來這些父親比他們的孩子玩得更沉迷。

他聞言愣了一下。喔，是嗎。說着隨手翻一翻手上的貨品，瞥見包裝盒上印了一個他熟悉的稱呼。就「概念提供」那一欄，印的是「五屆電腦兒童大賽冠軍」。

女傭

「不對，我不要這個，我要蒙面超人。」小康把電動機械人擲在地上，匡啷一聲，新買來的玩具立即斷了一條手臂。

她目瞪口呆。八十多元的玩具，剛才的售貨員還特別推薦，說是目前最受歡迎的兒童玩意，沒有一個孩子會不喜歡的啊！

小康還在哭鬧。「我說過要蒙面超人，媽媽騙我。」他直跺腳，臉上糊滿了涕淚。「阿美娜，我要阿美娜帶我去買！」

小康被慣壞了，發起脾氣來像個小魔王似的，全家上下都奈何不了，她更是一籌莫展。「去、去，叫阿美娜帶你去買好了，煩死人。」她從皮包裏掏出一張五十元鈔票，丟在孩子跟前。

眼看着小康破涕為笑，撿起那張鈔票直喚阿美娜時，她覺得心裏像是哽塞了一股怨氣，卻不曉得該怎麼發泄。

阿美娜是去年才請來的印尼女傭，其貌不揚，智商似乎偏低。幾個相熟的太太都說她請對了傭人。阿美娜長得這麼難看，準不會引起男主人的欲望，而且她呆頭呆腦的，只一心一意要做好份內的工作，像是害怕稍一不慎便被開除似的。這麼馴良的女傭，現在越來越難找了。

本來她也這麼想。可是這幾個月來總覺得有甚麼不妥，似乎對阿美娜越來越覺得憎惡。到底是哪裏出了問題呢？她也搞不清楚。一切如常，阿美娜依然是戰戰兢兢的，對男女主人也都畢恭畢敬。

心裏納悶得很。她想要把心中的焦慮告訴別人，卻又不知該何説起。以前她嫌帶孩子太麻煩了，小康像一根繩索捆住了她，讓她失盡自由。把小康交給別人帶，是她的意思，丈夫也無可無不可。

沒有人阻撓她的決定，朋友們熱心得很，替她找來了阿美娜。她當初着實對這個陌生的女人警戒了好一陣子，後來發現阿美娜的人品敦厚，雖然有點迷糊，卻令她更感寬心。

小康以前不大喜歡阿美娜。不是常嫌她滿身汗酸味嗎？她實在搞不清楚兒子是怎麼和這女傭投緣的，只記得那一陣子她和丈夫都忙，早出晚歸。有時深夜回來，在房裏找不到小康，就知道這小瓜準是到傭人房找阿美娜陪他一起睡了。

她還記得第一次看小康和阿美娜睡在一張床上的情形。那孩子睡得那麼甜，小小的臉蛋還浮着滿足的笑容。他抓住阿美娜的右手攔在他的小胸膛上，像是找到了一個安全的臂彎。

她突然想起自己從未試過和小康同床而睡。

那天以後，她隱隱覺得心裏不安。每次看見小康纏着阿美娜嬉鬧，而阿美娜則因窮於應付而手忙腳亂時，她便不期然地皺起眉頭，心裏像抽搐似的痛。

她開始討厭阿美娜。丈夫絲毫未覺，依然埋首在大疊的公文裏。有時候發覺她對阿美娜諸多挑剔，便以一種息事寧人的態度，要阿美娜道歉了事。阿美娜則總是囁囁嚅嚅，不斷點頭認錯，讓她不知該怎樣繼續發脾氣。

　　小康喜歡黃色，喜歡冰淇淋和香蕉，喜歡看唐老鴨，喜歡盪鞦韆……這些都是她近來密切留意阿美娜才慢慢發覺的。阿美娜對小康的個性似已瞭如指掌，每次小康發脾氣耍賴時，只有她才知道該怎樣讓小康破涕為笑。她看見越多就越覺得觸目驚心，胸中似有一朵火花爆裂開來，慢慢狂燒。

　　那是嫉妒嗎？

　　窗外，阿美娜抱着小康出門去了。她看見小康兩手抱着阿美娜的頸項，不知說了甚麼，張開小嘴狡黠地笑了起來，再親吻阿美娜的臉。她的心裏馬上湧起一股莫名的酸意。

　　她屈指數一數，阿美娜的工作准證還有兩個月就期滿了。

　　大概可以鬆一口氣了吧？

心結

他忘記母親長甚麼樣子了。

在火車上，他閉目，仔細在記憶裏搜索母親的容貌。思想就像窗外的風景，倒瀉。

他記起一個女人窈窕的背影，拎着好大的行李箱。那時，他還小，依偎在父親的懷中，目送那背影遠去。

只記得那女人始終沒有回頭。

他歎了一口氣，睜開眼。車廂裏坐滿人了，他身邊坐的是一個皮膚黝黑的漢子，大概是下田或種菜的鄉下人，斜斜地靠在寬大的椅背上，鼾聲大作。

多麼像他的父親啊。他的心緒兀地紊亂，糾纏着打起許多亂結。那一年父親把他送到異鄉，也是乘搭火車。當時買的是最廉價的車票，許多被生活壓得透不過氣的人們，憑票擠進狹小的車廂內。他何其渺小，小手被緊緊握在父親的大掌裏，感受到父親掌心的汗水汩汩流下。

他忘不了當時充斥在車廂裏的汗酸味、煙味、某些搭客衣衫傳來的農藥與雞屎混和的氣味，以及……離愁別緒的滋味。

母親離開的時候，他小得完全不識愁滋味，而若干年後與父親道別，他已經敏感得可以嗅到空氣中擴散的，一種生離死

別的哀傷。

父親果然不久於人世。分別不及兩個月，他接到了遠方捎來父親的死訊：癌症發作，死於病榻之上。

他又風塵僕僕地，由親戚長輩領着，趕了一趟火車回到家裏。淒清的靈堂擱了一口薄棺，他的父親就躺在其中，與他劃清界限。

他好像又看見他的母親。那是一個身形婀娜的婦人，長而鬈曲的黑髮，還有遮了半張臉的太陽眼鏡。那女人把一小捆鈔票塞在他的掌中。「多保重。」她説。

那婦人左顧右盼，爾後驚惶失措地離開。發亮的高跟鞋蹬在洋灰地上，發出一陣擂鼓般急促的、清脆響亮的聲音。

縱然他遺忘了母親的樣子，也沒有機會讓目光穿過寬大的太陽眼鏡，看清楚前來憑弔卻行色匆匆的女人。然而他小小的心靈卻以一股無以倫比的信心，堅持那就是他的母親。

多少年了，那匆匆離開的背影依然是他心頭的秘密。有時候從夢中驚醒，脱口而出的，竟是那一句憋在心裏二十多年的話。「不要走！」他喊。

哭不出來。心裏波濤洶湧，額上頸上汗如雨下，於是一夜難眠。多少個晚上就在思潮翻湧中熬過去。他心身俱疲，外表以外人難以想像的速度，迅即蒼老凋零。

「那是你的心結，就解開它吧。」他臨行前，聽到一把蒼老而柔和的聲音在他身後響起。他如獲甘霖，伏地，謝過老人多

年的養育與教誨。

沒有忘記那天在院裏收拾一地九重葛殘瓣，老人把信箋交到他手上。

「回去看看吧，她病重，半身癱瘓。」他心頭一震，手中的掃帚掉落地上……

火車一路北上，到達目的地時，久積陰雲的天空開始撒下霏霏細雨。他跟隨人群步下車廂，心裏浮起父親那粗陋而憂傷的臉，以及掌心黏膩的濕意。

那時候還有一隻有力而溫暖的大掌，爾今他卻孑然一身，獨自徘徊七情六欲的關口。

下車。人群四下散去，各自尋找月台上熟悉的臉孔。他不期然舉目望去，月台上擺設了好多同樣焦慮而期待的，男男女女的臉。他很快便認出了那坐在輪椅上的女人，她的臉孔皺紋密佈，失神的眼球深陷入眼眶。

雨大了，他加緊步伐，跑到月台上，在那輪椅前，跪下。「媽。」他輕聲喊，聲音微微顫抖。

那女人的眼眶溢出混濁的淚水。她艱難地伸手，觸摸他的臉頰。「雨，濕了，快抹乾。」她說着，粗糙的手掌在他的臉上游移，從五官慢慢向上，直至那青根未淨的腦頂，和那凝結成形的戒疤……

在我們乾淨無比的城市

沒有甚麼好投訴的，這麼好的一座城市。

你剛剛才啟動了它的抗污染裝置，讓它悄無聲息地進行了一場消毒。

一整座城市的人，包括你，一點沒察覺消毒的進行式。高科技嘛，它正式投入使用前已反反覆覆經過許多次（無動物）的實驗，證實人畜無傷，百分百安全。

據說現在所有建在雲端上的空中城市都採用了這一套系統，還因而有了個新世界城市大聯盟，矢言一起努力對抗污染；各城市簽下協議，每年定期定時一起啟動裝置，「讓細菌無處可逃」。

消毒程序沒多複雜，消毒材料無色無味，也沒有任何化學作用。在這樣的星期日下午，你坐在陽台上捧着一杯煎茶看了看報紙，順便讀一讀《文藝春秋》上黎紫書寫的微型小說專欄，中間打了個盹，再睜眼時發現外面的天空變得湛藍了，空氣清新了，噪音沒有了，隔壁那討厭的一家人全都消失了。原來這城市已完成消毒，城中所有頑劣的惡元素全部消失無蹤。

這真好，但還不是最完美的。反正星期天嘛，你無所事事，忍不住花點時間用了點心思，給這程序弄了個更高階更細

緻的設置。負能量調到零吧，種族歧視和性別歧視之類的各種指數也該盡量調低，至於那些反智的、沒教養沒水準的粗鄙的言語，當然也該消音（此一項目底下另建指令：斥責政府和國家政要的任何言論，不包括在內）……這些設定複雜得很，但啟動的方法十分簡單——控制器內置在食指裏，方便得很。你像指揮家那樣舉臂甩一甩手，一輪更徹底的消毒行動立即展開。

你哼着小曲，再到廚房去煮開水泡另一杯煎茶。待你端着茶回到陽台，馬上察覺這城市又有了些變化。它更安靜了，對面那窗戶本來一整天播着俗到不行的流行曲，這下再聽不見了，你家播着的《命運交響曲》因而聽來分外有力（樓下聽的巴赫音量雖小，也冒出頭來了）。再看看街角那一間裝修過度、品味惡俗的獨立式洋房，不知甚麼時候居然憑空消失，只剩下一片空地。

房子裏的人呢？你有點錯愕。「可是這也不錯啊。」你想。畢竟你一直都抱怨那房子太礙眼了，有時候會在噩夢裏見到它。「簡直就是對視覺的一種強暴！」

是的，消毒還在進行中。在人們渾然不覺的時候，這城市正有許多物事一件一件地消失。你拿起桌上的報紙，明顯感覺到它變輕了，頁面少了許多。「沒甚麼不好啊。」你想。報紙印那麼厚厚一疊幹嘛呢？少用幾張紙不知可以挽救多少棵樹。

放眼望去，路旁的樹木其實沒有增加，可是你覺得整個景

觀青綠了不少。你心曠神怡，又翻開報紙，裏面全都是你覺得有意思的新聞。這份報紙顯然已經消毒過了，它以後再不會報道你厭惡的政黨和政客，也不會再有那些讓你噁心的評論以及讓人煩死的娛樂消息。你忽然想起來剛才還沒把黎紫書的微型小說讀完呢。再翻到《文藝春秋》，咦，那專欄已經不在。

「也好啦！」你想。「反正我也不怎麼喜歡這作者寫的東西。她的小說總是太黑暗了。」

星期日的下午真是個適宜消毒的好時刻。整個消毒過程就這樣，無聲無息，無孔不入。你果然就和其他人一樣，始終沒有發覺自己正在……不，已經消失。

輯五　世情

迷離與清醒

錯體

　　他進入考場的時候，學校的鈴聲還在響着。他回頭向操場上踢球追逐的學兄們瞄了一眼，忽然發覺這種喧囂的鈴聲與他睡房裏的鬧鐘聲響非常相似。

　　吵得讓人定不下心來。

　　他看看白襯衫上繡着的名字：陳小光。

　　老師常常說陳小光是一匹野馬，怎樣也拴不穩。他現在也發覺陳小光的身體不大聽他使喚，總是頻頻回頭戀棧着考場外的綠草地。

　　陳小光喜歡踢足球，他可以透過這不大「合身」的身體感受到陳小光喜歡足球的程度。嗯，這是屬於運動型的軀體，幾天沒換下來的白襯衫，沾上好多咖喱油污和日積月累的汗漬；瘦骨嶙峋卻充滿力量的雙腳，似乎隨時可以撐起這輕飄飄的身軀，高高縱起。

　　他隨着隊伍魚貫進入考場，像上次排練一樣自然地走到右邊數來第三行第十個座位……唉呀，這已經不是他的座位了，他現在是陳小光。他下意識地又看看胸襟用紅線繡着的名字，沒錯，他的確是陳小光。

　　好不容易才找到陳小光的座位。靠窗的角落，離開他原來

的位子有一段很長的距離。

　　他坐下來，身上的校服發出一股很難聞的汗酸味，刺鼻得很。他皺眉，看見自己的兩手沾滿泥污，十隻久未修剪的指甲都藏了漆黑的污垢。怎麼陳小光可以容忍這副邋遢不堪的身體啊？他可不一樣，有媽媽替他打點一切，從不曾有過這樣骯髒狼狽的時候。

　　也許他應該慶幸，這副名符其實的「臭皮囊」屬陳小光所有，而不是他這個連續三年考了全級第一名的模範生該有的身體！他驕傲地笑了起來。自己從來沒有穿過不合身或是骯髒破舊的校服，而且書包總是收拾得乾淨整齊，所有課本和練習簿都讓媽媽用塑膠紙包得好好的；成績冊上還有整排的紅星，工工整整地鑲在那兒。

　　想着，愈發覺得這身體配不上他了。真倒霉，怎麼會選上陳小光呢？他打開陳小光的鉛筆盒，裏面只有兩支鈍鈍的鉛筆、一小塊裹了一層黑皮的橡膠擦，以及一把短尺。真寒酸啊，用這些東西怎麼能考到好成績嘛！他忽然有點傷感，這次考得再好也不是他的光榮了，老師會把紅星畫在陳小光的成績冊上。陳小光怎麼配拿紅星！

　　他不免躊躇起來。其實他和陳小光並不熟稔，為甚麼要幫他這一把呢？他舉目四顧，偌大的考場裏並沒有任何相熟的同學。對了，他根本就沒有好朋友，媽媽說那些粗野的孩子少惹為妙，只要得到老師的歡心便夠了，媽媽說……

他聽媽媽的話，他文靜內向、成績好、乾淨整齊，媽媽和老師們都稱讚他是一百分的好孩子，以後一定會上大學賺大錢。媽媽說一切都為他準備好了，只要乖乖的走下去，將來必定會成為不得了的人物。

他記得媽媽的叮嚀：「要拿第一名喔！」所以才巴巴的趕來學校。今天是年終考試的最後一天，他氣喘喘地跑到學校來，就看見陳小光躺在食堂的長條凳子上睡覺。顧不得這麼多了，他只要一個空的軀殼。

考卷發下來了。他看着考卷上的試題，突然悲從中來。為甚麼不能輕鬆一點；為甚麼要為別人而活呢？他佔據了陳小光的身體，不就像媽媽佔據了他的生命一樣嗎？

他走出考場，回頭，陳小光正伏在桌子上睡覺。他不考試了，聳聳肩，該去哪裏呢？回家嗎？還是該回到剛才的車禍現場？

歸路

經常來報失的那個老人，昨天失蹤了。

他兒子到派出所來報案。說老人早上出去蹓躂，第二日還沒回家。我與同事面面相覷，都覺得有點滑稽。其中兩個最年輕的忍不住撙過臉笑，來報失的老人被報失了。

可昨天早上我還看見過他。畢竟住在同一個小區，我每天清晨在陽台上練樁功，總會看見他騎着自行車，穿過大門拐右，再轉入左邊的小道，往河邊的方向去。昨天也一樣，雖然有點雨，我還是看見了那一襲熟悉的灰藍色身影，頭上仍然戴着一頂過時的舊呢帽。

老人失蹤了，這天就再沒有人到派出所來報失。平日所裏無聊的時候，我們還是挺樂意看見老人推門進來，看他又有甚麼新奇的發現。「我以前種下的一棵樹」、「豬肉的香味」、「我家的糧本兒」、「街頭的老店」、「去年的團圓飯」、「城牆、城牆」、「公園，城東的小公園！」。老人說得認真，大家被他那煞有介事的樣子逗樂了，沒事時便陪他玩，也裝模作樣地打開本子給他備案。

有一次正好上級來巡，所裏進入緊急狀況，突然闖入的老人遂成了不速之客，急得大家手忙腳亂，差點沒出洋相。那天

我們不得不召人來把老人領回家，順便由所長訓了一番話。好好管住他吧，這年紀了，何況還有這老人痴呆症。

我卻知道老人得的未必是痴呆症。小區裏的婦人時有往來，各家各戶的奇聞軼事就成了睦鄰聯誼的好材料。據說老人多年前因工受傷一昏不起，當了好些年的植物人。本來家裏人已不抱希望，可兩年前他毫無徵兆地醒轉過來，只是腦筋已不靈活，而且有點記憶錯亂。由於行為失常，也不太能認路，因而總給家裏添亂。聽我妻說，老人的兒媳對此不無埋怨。

直到下班時，所裏也沒有發下指示要去找老人。兩個年輕的同事似乎還沒把老人的失蹤當真，仍不時拿「報失的老人被報失」開玩笑。我離開派出所時天色已沉，雨又下起來了。快要回到家時，我忽然發現小區前面的小道；那一條老人每天騎車往返的必經之路，不知甚麼時候已被剷除，看來是要併入一條綠化帶裏。一定是剷泥機幹的吧。似乎昨天，就在昨天早晨，我最後一次看見這條路。

晚飯時說起老人的事，妻提起那條綠化帶。據說奧運期間會有載着選手的車隊從大路上經過。她有點得意，拉我到陽台上一起看雨中的夜色。雨中景觀淺窄，但也許是因為這陽台的高度，妻臉上的神情興奮而肅穆，彷彿她看見了大好河山。

花樣年華

我喜歡參加我們的同學聚會。

三年一度嘛，有足夠的時間囤積話題，可以讓大家笑談三四個小時，沒有冷場。

三年，也有足夠的時間讓大家改變，好相互對照，暗自比較，再看看自己是活好了抑或是窩囊了。

我甚至也喜歡看見顧伊人，看她還穿着她那一條花裙子。

以前我們最討厭看見顧伊人了，更討厭她那一條歐洲買回來的細肩帶連衣裙，裏面一層白絲綢，外面一層晃晃蕩蕩的印花雪紡紗；剪裁合宜，質料上乘，又有那麼一點歷久不衰的復古風。這回她還這麼穿，大夥兒嚷着說，換英國太子妃來，大概也就穿這樣了。

最讓人吃不消的是，顧伊人還照舊把頭髮往上梳，再把烏黑的大波浪撥到一邊的肩膀；上面露出額頭的美人尖，再引人順着波浪去看她的長脖子。

這是何等自信啊？打從畢業禮那晚上的聚餐開始，三年一回，她敢以同一身裝扮赴會。算一算，至今已是第八次穿上這「戰袍」了。

最初大家還取笑她，該不會沒錢買衣服吧？後來慢慢搞懂

了，人家這招叫「以不變應萬變」。管你比她有才幹事業比她強嫁得比她好社會地位比她高孩子比她的有出息，你就沒本事把變胖了變老了變垮了的身體穿進年輕時最心愛的裙子裏，還敢這般風華絕代地走出來。

啊，她要說的是，她把「歲月」這天敵給打敗了。

記得畢業禮那天晚上吧？顧伊人像個女皇似的登場，全場男生殷勤讚美；女同學無不恨得牙癢癢，一晚上橫眉冷眼，都刻意對她疏離。

就連班上的高材生劉才女，白天才容光煥發地上台去代表應屆畢業生致辭，到晚上百花競艷時，馬上顯得黯淡無光，被擠到一旁了。

說實在的，除了顧伊人以外，劉才女是另一個我最想在同學會看見的人物了。二十年過去，伊人固然還是伊人，依然活在她「最美好的歲月」中，讓場上一眾女士咬牙切齒紛紛走避。才女倒是變化巨大，二十年來大起大伏，我們這一班同學當中沒有誰比她經歷過更多的了——經商，從政，教書；東西南北都跑遍了，甚至還曾在拘留所待過，上過幾遍雜誌封面，八次聚會有四次她來不成；離過婚再嫁的人，又失去過一個兒子。所有經歷都有跡可尋，刀痕似的刻在臉上。她倒始終對外表渾不在意，一頭短髮從灰黑變成銀白了，都不去染一染。

老去的才女穿着平底鞋和寬鬆的袍子來到，顧伊人說：「你怎麼越來越像尼姑了？」才女微笑回答：「你卻是一點兒都

沒變。」

　　我就這樣每隔三年去看一看，看到我們的女皇顧伊人越來越被冷待，一晚上盯着周圍的反光體孤芳自賞。我就坐在她身旁呢，聞得到她那一把黑色大波浪散發着阿摩尼亞刺鼻的氣味，還能隱約看見她臉上那些遮瑕膏橫七豎八的痕跡。我識趣地只和她聊衣服的保養心得——畢竟很不容易啊，這條花裙子看來還真像新的一樣。

　　至於劉才女，不是我不想坐到她身旁，而是她都被大夥兒圍住了，我根本擠不上去。但那不重要，遠觀也好，我坐這兒依然聽得到她爽朗的笑聲，看到在頭上那一盞水晶燈的照耀之下，她的滿頭白髮熠熠生輝，像個光環似的，把她變成了一個發光體。

海鷗之舞

舞台很簡陋，舞蹈員很老。

燈光很亮。

這燈照太強，打得太不專業了，竟像是有種放大鏡的效果，突顯了舞台上一切細節的粗糙。

佈景上斑駁的油漆，衣裙上洗褪了的顏色，老人們臉上抹不均勻的脂粉，脂粉底下清清楚楚的年輪。

還有那怎麼也遮掩不住的，他們喜不自勝的笑。

那笑自然是見牙不見眼的，當中有的人連門牙也沒了。台上六男六女十二個老人家全是天生的盲人，這次受命為殘疾中心對外的活動組團獻藝，跳一支《海鷗之舞》。

這舞，我已經看過許多遍了。我看的是老人們的排練，兩個多月裏多少個汗流浹背的下午啊，老人們氣喘吁吁，瞎子摸象似的跳着各人自以為是的海鷗。其實那舞蹈設計得十分簡單，但我看着他們從最初的亂成一團，經過了無數次磕磕碰碰，有人摔過跤也有人累得哮喘病發，好不容易才算跳得有模有樣。

那「有模有樣」當然是十分粗糙的，就像這舞台一樣，但這些失明的老者不會看到。事實上，直至前天最後一次排練，

老人們喘着粗氣，一邊揩汗一邊聽那指導老師形容他們跳得有多好看，又充分表現出海鷗堅毅勇敢的精神云云。那老師跳舞的造詣可不怎麼樣，説話倒伶牙俐齒，總有源源不絕的形容詞。老人們大概不曉得「好看」是個甚麼境界吧？大家卻十分受用，都聽得眉飛色舞，似乎只要話從那老師口中説出來了，便真能有海鷗飛入他們漆黑的想像。

指導老師説的，今晚的舞台會佈置得十分華麗，背後的大布幕會播映着海浪，他們穿的衣衫會有珍珠般的光彩。

所以那些老人才一個勁兒地叫我來捧場，還叮囑我記得帶上相機給他們拍照。

這舞曲全長才五分鐘，可因為舞台的寒傖，老人們的舞姿特別顯得笨拙，還有台前那幾個破音箱爛透了的效果，音樂被它篩過，聽起來宛如一片嘲笑的聲浪。我不知怎麼很替老人們感到窘迫，心裏只希望時間能快些過去，讓這一支看着彆扭的舞蹈早點結束吧。

不知道是哪裏出的差錯，也不知是誰的刻意安排抑或純粹巧合，正當我忽地想起老人們的叮囑，連忙掏出相機來往台上對焦，就那一刻，毫無預警地，全場燈光突然熄滅。那黑暗來得驟然，我的眼睛，相機的眼睛，台下所有人的眼睛忽然與世界失去聯繫。觀眾席上響起了一小片聒噪，大家左顧右盼，努力睜大眼睛想要適應這黑暗。

也許是因為音樂一直未歇吧，人們壓低了鼓噪不敢聲張，

只有靜下來聽那舞曲在破音箱中沙沙地響。也不知是誰在哪個角落忽然按了一下相機，鎂光燈閃電似的給了一刹那的光明。就那電光石火之間，我們赫然發現老人都還在台上，舞者在，舞也未曾停下來。

那真像一張黑白照片啊，場中所有的雜音馬上消沉下去，剛才那瞬間的影像卻還殘留在暗中。我們在那種蒼白得月光似的明亮中看見了之前所沒有發現的細節，老人們緊閉着眼，咬着牙關，汗珠一串串地掛在額臉與脖頸上……

我愣在那裏。這舞我是看過許多遍了，然而剛才那畫面看着卻十分陌生，像是我一直不斷地錯失了的部分。

人們完全安靜下來。安靜下來便聽到了，老人們踏踏的腳步在舞台上紛紛沓沓地響，音箱裏的沙沙聲聽着像一卷一卷海浪在岸上攤開。

不說了，我無法告訴你那黑暗裏的內容，還不如讓我舉起相機吧。從這時候直至曲終，這裏那裏，鎂光燈接連地閃，直把那舞台照耀得如同白晝。

殘缺

人們以為他會説，想看見色彩。

而他來不及説了，其實是來不及説完，或者有沒有説完都不要緊，人們會運用自己的想像力，也各有解讀的方法，終於會解出自己要的含義來。

然後他就要死了。這奇怪的一生。打從出生便有殘缺，也是要等到上學了才知道，原來他的眼睛異於常人，只看得見黑與白，還有一層一層的灰，那可謂無色了。叫作色盲吧，醫生那樣説，美術老師也那樣説；邊説邊噘嘴邊搖頭。他看見黑白灰色階在他面前攤開，不也看得見光嗎，有光譜，也看得見路。

誰想到他會成為一個畫家呢。而他確曾符合人們的想像，自卑過，有過很多的自我懷疑或自怨自艾；會拒絕上美術課或在上課時怒擲調色盤。這樣的人後來成了畫家，畫炭筆素描，鉛筆，水墨，無色卻有相，佳評如潮，便成了名。

便成了家。是個樸素簡約的女子，總是睿智地説，正好省下脂粉錢，永遠不怕變成黃臉婆。那些大紅大綠的女子來了又走，他無感，紅唇藍眼蓋金指甲，在他眼中不過都是灰燼之色。也許因為這樣，他比任何人都更能看出那是一堆枯骨臭皮

囊，下筆遂多了佛理禪意，深了些，彷彿觸到了靈魂。這是另一個層次，一路走到巔峰上去，成了傳奇。人們各有說法，殘障畫家嗎？反正不好色，黑白分明，心無旁騖，反過來有了優勢。小時候對他搖頭的美術老師後來上門討畫，也説他得天獨厚。

那時他已經對色彩失去了一切想望。再不以不識顏色為憾，境界又再高了些，只是人們不知，他連聽覺都無色，他的世界一切黑白分明，真假立辨。他打從心裏喜歡自己眼中這樣的世界，黑白之間真假之間對錯之間，每個細微的層次都清晰可辨。可是等到他真懂得了其中的美好，世界卻換了花樣，人們覺得他的畫太絕對太無味，更有年輕評論家説他那樣畫過於冷峻、橫蠻、斬釘截鐵，甚至封建。

這樣他就成了畫壇上供奉着的一個名字，其實作品已不怎麼好賣了。人們私底下説，他的畫怎麼看，就少了些紅的綠的，那些叫裝飾性的東西。他渾不在意，不管同行們怎樣把玩色彩，他依然靜靜地描繪着人間的無色。

然後他就老，就這樣臥病，將死。不知哪裏來了一些刊物記者圍着他的病榻，問他此生有甚麼遺憾。他知道人們都希望他説，想要看見色彩。不是的，可他來不及説完，而説不説完又有甚麼關係呢，他知道人們的耳朵和心裏，都堵着太多顏料。

我‧待領

你一定有聽說過這幅畫，《窗台上的女孩》。

畫它的人死了。上個月的事吧。那畫家患癌症，英年早逝。死前留有遺囑，說要把此生最鍾愛的肖像畫送給畫中人。

就是這一幅了。他此生最鍾愛的。你去看看他的紀念展吧。如今就在這城，畫展很快要結束了。那一幅畫就掛在展區入口，很大的一幅，你去看。我天天都去，天天站在那畫面前，覺得它很明亮，太耀眼了，而且巨大得讓人窒息。

奇怪，以前看他在畫，一點也不覺得那畫板有這麼大。我在那窗台上坐了大半個夏天，把借來的小說都讀完了。我總是覺得有點餓，我們當時那麼窮，快連顏料也買不起了。可他還是不顧一切地畫，我開始感到不耐煩，生氣，焦慮。正巧有個搞攝影的同學在樓下喊我，我就拿起背包衝出門去。

那畫我看了一眼，還未完成呢。畫得太奇怪了，女孩太平凡。一點都不像我。

我後來到攝影樓裏打工，把很多彩照帶回去給他看。那時搞攝影的同學剛引進電腦處理的人像照，加上彩妝，照片中的我看來那麼地獨特，無瑕，美麗。然而他總是嗤之以鼻，總說假，說難看。他說，太庸俗了，一點都不像你。

一年後我嫁給攝影樓的老闆，那時我已經長得很像照片中的我了。兩年後離婚，後來再嫁了另一個老闆。有錢啊，也太無所事事了，便也像別人一樣去漂白，紋眉，割雙眼皮，順便也整一整鼻子。

我總是想，他要是看到那時候的我，大概不會再說那些照片裏的人不像我了。

但我們卻無緣見面。他成名了。這些年開了許多畫展，作品很賣錢呢。現在他這樣死去，據說他的作品身價大漲。尤其是他親自點名的這一幅啊，你說會值多少錢呢。大概會是個天價吧。

我天天去看他的紀念展，也看見很多人冒認畫中的女孩，想要認領那一幅畫。那些女人都被他的律師打發掉了。我也想要那一幅畫啊。不是因為它值錢，而是因為它畫得太好了。畫裏的女孩，坐在窗台的光影中發呆，臉上充滿憧憬，多麼漂亮。

但我終於沒敢開口。我在那一幅畫前站得愈久，心愈冷。那裏天天人來人往，也有些職員發現我每天站在畫前，卻沒有人察覺我就是畫中人。我愈站愈沒有勇氣，甚至有點心虛呢。後來，不知為甚麼，我總要戴上太陽眼鏡才敢站在那裏。那幅畫實在太明亮了。所有的，一整個夏季的陽光。

還有兩天畫展就要結束了。你去看看吧，別把夏天浪費掉。真的，你去看看，看你能不能認出來，那就是我⋯⋯

真的。

　　沒騙你。

　　是我。

大師的傑作

　　宅子裏作品很多，他看上了那一幅。嗒，就掛在牆上。那一隅很靠近庭園，早上的晨光遊歷過園裏的假山真水，再穿過落地玻璃，把外頭的風光投影到牆上。那真是一幅攝影傑作。巨幅相框中有一個農民模樣的瘦削老人在屋前坐着，像在打盹吧。像素真好，歲月如葉脈似地細細在他臉上鋪展。光呢，來自畫面裏的鄉間也來自外面的庭園。

　　真是個了不起的作品！他不由得讚歎。不愧是大師啊。看，老人這半寐的臉沉浸在田園的盈盈晨光中，春天的草色都要把陽光染綠了。他還注意到相中右上角隱約有禾田，人，牛；還有小小一片白雲藍天。鄉間生活好愜意，歲月靜好。這一定是傳說中的經典名作《桃花源》了，他馬上舉起相機，把名作與牆上的樹影一起拍下來。

　　大師是退休後隱居的攝影名家，他這次好不容易才徵得老人家同意，答應接受專訪。報社的同事中，他對藝術懂得最多，文字造詣也特別好，但凡藝術和文學領域的採訪任務，都落在他肩上。他當然也是樂意的，能接觸那麼多文人雅士，得到名家大師的面授和指點，他如魚得水。

　　以他那老到的修為，一眼就認出了這是大師的代表作。

那上面有一切的藝術元素，完美的構圖與景物間緊密的呼應關係。這判斷讓他自己激動起來。後來見到了大師，心裏老惦着要印證自己的判斷是否正確，採訪時便屢屢走神了。好容易等到大師談起那一幅《桃花源》，他才精神一振，逮了個空隙插話——掛在庭園門邊的那一幅，有個老人坐⋯⋯

啊，那一幅。沒等他說完，大師臉上的笑意驟然熄滅，原來炯炯的目光忽然黯淡下來。

「那老人，其實是一具屍體。」大師沉吟片刻，似乎在回想。「他在那裏坐了幾天，孩子都沒給他送糧食來。就那樣，活活餓死。」說了再啜一口茶，歎一口氣。「按下快門的時候，我以為他只是在那裏打盹。」

「這照片我一直沒發表。有時候我覺得它是最成功的作品，有時候覺得它最失敗。」

離開宅子之前，他被領着到庭園走了一圈。經過那作品時，他禁不住再端詳了一陣。奇怪的是這作品像被偷換過似的，照片的顏色多麼慘淡，作為背景的小屋敗破欲潰；相中的老人家一臉餓相，兩眼合不攏，如同一具不瞑目的屍體。他愣在那裏，有點懷疑是誰把照片反過來了。這，是背面。

倒裝

自從失憶以後，她就逐漸記起。

（醫生，你聽她在説甚麼。她神智亂了。自從昏迷醒來以後，她就成了這樣，整個人怪怪的，老説她記得她記得，但她其實連自己的名字都記不起來。醫生，這是那次手術的後遺症嗎？）

沒錯，她記得。她記得屋子對面的小公園，以後會改成兒童遊樂場；再走過去一些的那家花店，後來換了一個老闆娘。她有一天會在那裏買幾枝紫色鳶尾，老闆娘對她説這種紫鳶尾，梵高有畫過。梵高啊，那個印象派的。

（醫生，她是學聲樂的，成績好得不得了，都快要畢業了；一場橫禍，她現在連音符都記不住，卻可以唸出一大堆畫家的名字來。她説她以後是個畫家，就真的不去學校了，整日躲在房間裏畫許多東西。醫生，她還畫得挺像樣的，幾乎閉上眼睛也能描摹出那一幅甚麼……鳶尾花。）

還有的，還有其他她在昏睡中經歷過的情節和見過的畫面，都太真實了，她在那裏傷過痛過，笑過哭過驚懼過；在那裏老了，甚至去世……就在「死」的那一瞬，她在醫院的病床上睜開眼睛，驚嚇了經過那裏的一個護士。

（醫生，我覺得她的記性越來越差。你說她失憶，把醒來前的事全忘了，但是她現在好像活一天就忘掉一天的事，似乎連昨日也不太能記得清楚。有時候她會突然用很迷惘的眼神看着我，我總以為她又忘記我是誰了。）

　　她記得。她記得這女人有一天在屋子對面的兒童遊樂場上，為了閃開小孩踢過來的皮球而摔了一跤，然後癱瘓了，到死那天都在哭喊着痛苦。是真的，現在小公園那裏已經開始施工了，她每天站在窗前，看到……在動工中的命運。這時候，她總會忍不住轉過頭，悵惘地凝視她的母親。

　　（醫生，她記不住我也就罷了，但她的男朋友，人家待她那麼好，而且都交往很多年了，我早已把他當女婿看待。可她對人家……我也說不上來，就好像把他當成認識很多年的老朋友，親近，但又很拘禮。她說她記得這個人，又說他以後會當花店的老闆。我不知道她在想甚麼。）

　　這種紫鳶尾啊，這裏不常見呢。她記得她是這樣對花店的老闆夫婦說的。然後有一隻手接過那一束鳶尾。有人說我們就把它買下來吧，家裏那兩個小瓜也一定會喜歡。

　　她記得，她轉頭看着那人，快樂地笑。

　　（醫生你看，她又在用那種奇怪的眼神看我……啊不，是看你了。）

余生

　　已經有很長的一段日子，老余總是在夢見自己。另一個自己。剛開始時，老余幾乎認不出來，那也是他。

　　他夢見的自己還很年輕，大概是多年前自己剛調升車間主任，被大家改稱為「余主任」時的年紀吧。夢裏的自己一派躊躇滿志，每天穿着漿洗過的衣服從他家樓下走過。那年輕人總是忍不住在經過時抬頭看看他。是的，看老余，一個終日坐在二樓小陽台上昏睡着的老人。

　　小陽台被裝在鐵籠子裏，裏面還堆放了好些雜物與幾盆半死不活的植物。老人置身其中，有點像被遺棄了的舊玩偶。可這舊玩偶卻總會在年輕人經過時忽然醒來，板直腰，睜大眼，像發現甚麼新奇的物事，眼睛一眨不眨地瞪着他看。

　　年輕人覺得這老人真像一個報時器。就是那種被關在老式鐘台裏的小鳥，每天時間到了，它就不由自主地彈出來布穀布穀地叫。

　　老余知道夢裏那年輕人是怎麼想的。那畢竟就是老余自己啊。儘管他那麼年輕，而且從衣著打扮看來，他幹的並不是車間裏的活。但是老余可以從他抬頭那一瞥中看出來，這個看似滿懷抱負，也許在計劃着成家的年輕人，正尋思着，我啊，我

老了可不能像這老人那樣過。

老余看見另一個自己那信心滿滿的神情，他知道這年輕人對明天充滿希望，這讓老余感到很抱歉。顯然，那個年輕的自己並不知道他只是一個活在夢裏的人，而且就活在二樓陽台上這個退休多年後，因為有太多時間無以打發而終日昏昏的老人夢中。

這夢持續了很多天以後，老余就在夢裏生出了些別的情感和想法。他隱隱覺得自己對夢中那年輕的自己有某些責任，比如說他覺得有必要向那個「自己」揭穿這只是個夢境，或者他也因為出於某種憐憫而猶豫着是否該繼續把夢做下去，讓這個活在虛幻中的自己完成他的人生。

這樣重複夢着，老余逐漸有了點困惑。他開始懷疑自己才是那個活在夢中的人，活在年輕時的自己的噩夢中。他甚至在夢裏回憶起自己年輕時曾依稀做過類似的夢，夢見自己每天碰見一個陷在夢與醒之間的老人。這個想法讓老余渴望醒來。因而他每次看見那個年輕的自己在夢中走過，就竭盡全力睜開眼睛，希望醒來時會發現自己正在某個趕着上班的清晨中，而不是在一個淤積了許多舊時光的籠子裏。

這就是原因了。儘管醫生三番兩次預告老余快要不行，他卻驚人地活了很久很久。

輯六　理想

失落與追尋

阿爺的木瓜樹

他聽到水珠打在木瓜葉上的清脆聲響,是雨落下來了。

睡意愈漸沉重,都壓在他的眼皮上。看看書桌上攤開的信紙,才寫了寥寥幾個字,加上字體歪斜難以辨認,他知道阿爺必然看不懂了,不禁氣餒,擲下手中的鋼筆。

鋼筆是阿爺離開家裏之前,硬塞到他掌心的,他還鄭重吩咐下來:「記得給阿爺寫信。」

他抬頭,阿爺的臉攏得那麼近,都讓他臉上斑駁錯落的褶痕和眼裏一汪混沌的水變得一覽無遺。他微微吃驚,這張臉蒼老得讓人噁心。

「阿爺甚麼時候才回來呢?」他朝阿爺手上拎着的小旅行袋瞥了一眼,那裏面大概裝不了幾件衣服。

阿爺伸手拭去溢出眼眶的濁流,枯木朽株般的手臂不斷顫索。「等院裏的木瓜結果了,你寫信告訴阿爺,阿爺就回來嘗一嘗。」

他向桌上的信箋瞥了一眼,紙上幾個歪歪斜斜的華文字,陌生得像另一個星球上的語文。阿爺只懂華文,但是他的父母都不喜歡阿爺教他認字,每每看見阿爺攤開不知從哪裏撿來的華文課本,總會不約而同地皺起眉頭,用一連串英語交換彼此

的不滿。他的父親是一個醫生，母親則是護士長，他們所説的流利英語都充斥了繁複的醫藥名詞和消毒藥水濃烈的氣味。

雨打木瓜葉的聲音逐漸被淹沒在一大片混淆的雨聲裏。他記得阿爺在庭院撒下木瓜籽的時候，曾經對他説過曾祖父的一些生平。阿爺説曾祖父去世後留給他一大片橡膠林，後來就在膠價降至最低谷時變賣了，換了一筆錢供父親到外國深造。

「現在只能留給你這棵孤苦伶仃的木瓜樹了。」阿爺當時長歎一聲，頹然蹲下身子。

那天下午，他站在屋內，透過一扇玻璃門目送阿爺踽踽獨行的背影，父親的汽車已等在那兒了。阿爺進入車廂之前，曾經回過頭朝院裏張望，他一直不能肯定阿爺當時是想再看他一眼，抑或阿爺在意的只是那一棵木瓜樹。

阿爺走後，他在阿爺那變成了貯物室的臥房裏找到一疊舊報紙。報紙都皺塌塌的，是母親在外面買菜回來，隨手扔進垃圾桶裏的包裹紙。阿爺都撿回來，摺疊整齊，小心翼翼地珍藏在房裏。前一陣子母親説紙價暴漲，家裏購買報紙雜誌的開銷太大，便取消了一份華文日報。他還記得那天阿爺坐在門前的石階上，望着派報人的摩哆[1]遠去，竟然忍不住放聲痛哭，哭聲嚶嚶，讓左鄰右舍聽得毛骨悚然。晚上，父親用一貫的專業口吻對他説，阿爺終於患上阿茲海默症了。

1　摩哆：即電單車或摩托車，馬來華人俗稱摩哆。

根據母親的解釋，阿茲海默症就是老人痴呆症，以後會為家裏帶來許多麻煩。他並不懷疑父母的專業知識，只是他始終沒有發覺阿爺的行為有何不妥。阿爺還是每天清晨到公園裏耍太極，晚上就教他認華文字。除了那一次不可自制的號啕以外，阿爺只不過染上了翻找垃圾桶收集舊報紙的古怪癖好。

縱使他百思莫解，父親還是贊成了把阿爺送到老人院的建議。

就在阿爺離開後的一個星期天，院裏的木瓜樹終於開花了。他站在樹下仰望那一簇含苞待放的淺綠色木瓜花，層層疊疊的木瓜葉撐開如傘，擋住灼人的艷陽。他忽然覺得一股酸痛湧上鼻尖，迅即竄進眼球，淚水就從眼球沁出來了。在最感動的一刹那，他向自己許下承諾：要守住這一棵木瓜樹，等着阿爺回來。

雨聲喧嘩，遠雷轟隆，外頭的木瓜樹在暴雨狂風中搖搖欲墜。他收攝心神，把目光挪向桌面上的信箋，上面有他竭盡所能的字跡，寫着：「阿爺，爸爸說要把木瓜樹砍了。」

滂沱大雨，一朵木瓜花飄然墜下。

父親的遺產

　　父親的遺囑上寫着：床底下的盒子，留給我的獨生兒子，請他珍惜。

　　午夜裏接到鄉下老母親撥來的電話，經過大約五分鐘哽咽、號啕、哭哭啼啼、聲淚俱下：她終於報出父親的死訊。

　　我後來才弄清楚父親是在入睡前翻閱了當天的報章，還指着一則華校籌款的新聞搖頭歎息。他說明天要拿點錢去捐給那間學校，說過以後就撐着拐杖到房裏拿了一把剪刀，小心翼翼地把那一則新聞剪下來。

　　母親說，父親的哮喘病就是在他放下剪刀以後，驟然發作的。他服過醫生給的藥後，便躺在廳裏的安樂椅上休息，就這樣不能醒來了。

　　相依數十年的老伴離她而去，母親心裏的悲戚是不難想像的，她在電話那一端放聲痛哭，哭得我心煩意亂，加上我本來就不怎麼聽得懂母親的鄉音，更慌得手足無措。

　　「你父親一生勞碌，走的時候甚麼也沒有帶去，只是手上還拿着那一張剪報。」掛上電話之前，母親說了這樣的一句話。我和父親的感情一直不很好，接到父親的死訊，我心裏也沒有多大的波動，及至聽到這一句話，鼻尖才升起酸意，心下

惻然。

關於遺產的事，是在我風塵僕僕趕回鄉裏，替父親料理了後事以後，母親才提起來的。之前我從來沒有聽父母提過那一份遺囑，因此驟聞時還真覺得愕然。

父親還有甚麼能留下來呢？我想。大概就是鄉下的一塊地、一間舊木屋，還有已經花得七零八落的銀行存款吧？父親就愛到處捐錢，尤其是把錢捐給華校，幾乎捐成怪癖了。爺爺留下來的一大片橡膠園就給他捐了出去，就連他自己的退休金也要捐得精光。

「床底下的盒子，留給我的獨生兒子，請他珍惜。」

父親沒珍惜過爺爺留給他的遺產，如今卻要求兒子珍惜一隻破盒子，不是有點可笑嗎？話雖如此，我從律師樓回來以後，心情竟出奇地低落，獨自竄到睡房裏蒙頭大睡。母親在外頭敲過兩次門，都是喚我吃飯。我沒答應，只一直裝睡。

想不到，父親死後數天，我才真正感覺到喪父之痛。是因為那一份遺囑嗎？我想起自己以前和父親相處得挺融洽的，只是後來……後來我堅持要到英校升學，惹得父親勃然大怒，僵持了整整兩個月，最後我才以離家出走迫得父親屈服。

此後，我們心存芥蒂，話題越來越少。是因為我開始看英文報而對華文報章上的方塊字逐漸陌生嗎？我對父親的感覺也越來越陌生了。實在不明白父親傾盡家財支持華教的舉動，我曾經想過那也許是父親的一種抗議的手段，要散盡家財來抗議

兒子的不肖和忤逆。

那麼，父親留下來的盒子到底裝了甚麼？不管怎樣，我總該遵循父親的遺言，好好保存這盒子。畢竟過去的一次忤逆已造成我們父子之間感情破裂，而今不過是要保管一隻盒子，我想我應該辦得到。

就這樣在思潮翻覆中沉沉睡去。醒來，房裏已是一片黝暗；我兀地憶起甚麼，便立即起床衝出房間，走到母親的睡房門外，敲了兩下門板。「媽，是我。」

母親打開房門，我一眼便看見她手上捧着的木製盒子，刻了浮雕花飾，那麼古老。「你是要這個嗎？」母親把盒子遞過來。

我有點遲疑，終於還是接下了，便立即打開──吸引我的目光的，當然不是那一本銀行存摺，而是那一疊貼了郵票卻未寄出去的信件，上面工整地寫了我的姓名和地址。

「我叫他打電話，他就是不依，寫了信卻不投進郵筒裏。每次追問，他總是說你看不懂⋯⋯」母親說着，逐漸泣不成聲。

我把盒子抱在懷裏，心頭只覺得痛。

唇語

　　一般是唐詩，老師偏愛杜甫，「君不見青海頭，古來白骨無人收……」

　　同學們都噤聲，有的假裝低頭抄寫。老師銳利的目光掠過每個人的臉，終於停在你的臉上。你也不害怕，「新鬼煩冤舊鬼哭，天陰雨濕聲啾啾。」是〈兵車行〉，再長一點的你也能背，白居易的〈長恨歌〉，老師唸到「蜀江水碧蜀山青，聖主朝朝暮暮情……」，抬頭來瞥你一眼，聽到你接下去唸「行宮見月傷心色，夜雨聞鈴腸斷聲。」

　　說「聽到」似乎不對。其實你只有嘴唇微微翕動，根本沒有發聲，但老師似乎懂得唇語，微笑着點一點頭。

　　你的要求也不高，就這樣看見老師讚賞的眼神，便滿足了，可以高興一整天。同學們覺得奇怪，你這樣也算回答了嗎？可是他們並不追問，你的臉又冷又長，總是獨自躲在角落裏看書，看甚麼《紅樓夢》、《金瓶梅》，那些書透股霉味，把你裹在裏面，他們笑說那是屍臭，而你像棺材裏爬出來的死人。

　　你不知所措，抿着嘴繼續看書。看書可以掩飾你的不安，像輔導老師説的，有些人傷心時會躲進房裏，而你躲進書裏。你傻笑，傷心嗎？輔導老師未免誇張了，你只是一個少年，不

識愁滋味，只因為太早看書又看太多了，語言的表達能力還未完全建立起來，便已經開始退化。

當時你可沒這麼說，你只是一貫的沉靜着，腼腆地垂頭，玩弄自己的指甲。連老師們也把你當怪物看，那個文二班的李天明啊，陰森森的樣子叫人不寒而慄。你當時站在教員辦公室門外，有點失魂，不知還該不該進去。

這些記憶讓人感傷，你只是一個沉默寡言的少年，想不出這有甚麼可怕的。也不因此憎厭別人，你只是更沉靜了，把頭深深埋進書裏。老師們還是那樣說：那個文二班的李天明啊。直到──甚麼時候換了一個華文老師，一個頭髮灰白的中年男人，竟然不按着課本教書，卻總愛叫大家翻開《唐詩三百首》。

你仍然坐在靠角落的座位，頭俯得低低的。只有在回答老師的問題……其實老師也沒問，只是讓唸着的詩文戛然而止，眼睛往同學的身上掃描。他第一天就發現了你，因為你的嘴唇微動，把未完的詩唸下去。「蠟燭有心還惜別，替人垂淚到天明。」

真懷念這段時光，可惜兩年後你就畢業了。華文和中國文學都考了特優，放榜日回學校拿成績，遠遠看見老師經過，朝你笑一笑。那笑容裏有稱讚的意思，你反而耳根發熱，有一句話想說卻說不出口。抬起頭來，老師已經走遠了，目送他進入別人的課室，那裏傳來長長一卷「起立、行禮」的聲音。

你站在原地，忽然意識到你跟老師緣份已盡。回家時猛踢

着路上的汽水罐，因為沒有對老師說出那一句「謝謝」，你悶着發了幾天脾氣。

年少的回憶其實很單薄，但這一段的印象非常深刻。你仍舊愛閱讀，在書堆裏漸漸長大。自閉症不知怎麼慢慢痊癒了，可能因為常常要跟學生對話，你逼着自己開腔，後來竟然變得多話起來，常常與學生談笑風生。現在的學生華文程度都不好，你有意無意地在班上搜尋那一張面孔；那個懂得把每一首唐詩接下去唸的人，可是多年來一直沒遇上。

如果再見到老師，你一定要把這個遺憾告訴他，當然也不可以再漏了多年前沒說出口的一句「謝謝」。你推開房門，一個老婦人迎上來。你是早上撥電話來的李天明吧，真有心，現在很少有這麼好的學生了。

你羞赧地笑，稱呼她師母。抬頭看見病床上的老人家，頭髮快要掉光了，打着點滴，濕潤的眼神似乎憂傷。婦人搖搖頭，說他上個月中風後一直這樣，連話也說不出來。說着要餵他喝水，但老人家咿咿呵呵，吐出來連成一團的聲音，像一口濃痰。

婦人眉頭微蹙，不知還該不該把吸管塞進他的嘴巴。你忍不住走上前，對師母說：「老師嫌這白開水淡，想喝菊花茶。」婦人愕然，卻看見病床上的男人慢慢扯動他臉上僵硬的肌肉，微笑。

那一夜我們一起離開酒吧

我的影子回來了。

闊別數十年，我們在一家音樂器材店裏重逢。這天還是我正式退休的日子呢，真值得慶祝一下。我們走進酒吧，一杯接一杯灌進肚腸。

酒吧裏每一個人都忍不住打量我們，想的是一回事——這麼個肥滿臃腫的老頭，拖着那麼精瘦俊美的一條影子。

我覺得驕傲極了，這把年紀了竟還有自己的影子，是多麼稀罕的事。

我的影子對這一切無感，一晚上徑自低頭喝酒。酷成這樣子，可見別後經年，他必然經歷了許多事。

我讓他講一講自己的故事。就從我們分開的那一天說起吧！實在說，我真不知道具體是哪一天把他弄丟的。那時我倆形影一致，但他像空氣那樣輕盈，行動像貓一樣無聲；本來還是亦步亦趨的，忽然招呼不打一聲就走了，我居然沒感覺到一絲痛楚。

我只記得最後一次看見他，我到舊樓天台那裏向樂隊的幾個哥兒們請辭，說我不玩了。他們自然很生氣，那時大夥兒在籌備着即將要來的演出呢，我這麼一走，等於打翻了熱騰騰的

一鑊粥。

「我記得，就為了公司裏一個升遷的機會。」我的影子冷笑，一臉嘲諷的意思。

「不是的，是為了要結婚呀。」我糾正他。「我女朋友嘟嚷着要分手了，你知道的。」

記得那日我倉皇離開，剛走到樓下，忽然一盆花連盆帶泥從空中摔下，在我的背後轟然炸開。我往地上一看，碎落的花盆正中我的影子，像是他把所有的悲傷與憤怒抱個滿懷。

那時他還在。

「下一刻就不在了。」我的影子說。「我躺在那裏，看見你拔腿就跑，卻沒有起來跟你一起走。」

原來是那樣啊，在我奮力甩開過去的時候，一個不留神，竟把影子也甩掉了。

後來發現影子不在了，我並沒有太難過。小時候，父母和師長已一再告誡，丟失影子是像出疹子長水痘那樣平常不過的事；正常人只要長大了，成熟了，總得經歷這一回。當日樂隊裏的朋友們，曾經拿他們龐大而傲然的影子唬我的，後來不也一個接一個地把影子搞丟了嗎？

所以我沒有去尋他。我把印象定格在當日的那一幕——他被一盆花砸中，胸口泥土四濺，像是被炸開一個大洞。我總以為他像壁虎落下的斷尾，離開了我，終究是活不下去的。沒想到他居然背着我活了幾十年，有了自己的經歷和故事，以致他

今天看來儘管掩飾不住的落泊，卻自有一股神秘的魅力，輕易讓人傾慕。他就坐在那兒橫眉冷眼，對所有的人和事都不屑一顧，竟能讓周圍的人神魂顛倒。

我們在酒吧裏坐了三個小時，前前後後有七八個女人上前來對他搭訕。其中有一個，貌似與我攀談，其實眼角餘光都貪婪地舔着我那影子的臉。

我覺得沒趣極了。眼看我的影子像氣球一樣，人們每瞟他一眼，就像給他打氣似的，讓他高大一些，以致我後來被他擠得坐不住了，便憤而起立，説，我該走了。

我説「我」而不是「我們」，我的影子聽出來一種逐客令的意思。他看我一眼，那種受傷了仍然他媽的孤高不可一世的眼神，忽然讓我感到一絲爽快；彷彿一晚上我就等這一刻，狠狠地傷害他，把他割捨。

我和我的影子最終不歡而散，卻還是步履一致地一起離開酒吧。我和他都清楚得很，他是我的影子，不管這世上有多少人多麼的喜歡他，他喝下去的酒，最終只有我一個人願意為他買單。

明信片

　　好些年以後，我才想起來，父親的失蹤或許跟那些明信片有點關係。

　　但我忘了我們從甚麼時候開始收到那些古怪的明信片。也許是父親離開前一兩年的事。隨着他的離開，那些明信片也都不在了。但我記得第一張，極藍的天，葵花田，還有許多人的笑臉。

　　明信片上沒有落款，上面只有寥寥數語，對方説他終於到達了，那真是個好地方，比以前我們所想像的更美麗。我們？説得多麼自然，彷彿寄信人和收信者之間有着十分親密的過往。

　　父親説，一定是寫錯地址了。我想也是的，我們家沒有幾個親友在國外，就算有，也遠沒到這種用不着稱呼便已心領神會的交情。

　　但後來還陸陸續續地收到「那人」寄來的明信片。如今回想起來，只覺得明信片上的景象宛如雷諾瓦的畫，色彩豐饒，裏面的人物充滿幸福感，看起來很不真實。而不光是那些圖片，我們後來還發現了蹊蹺——「那人」每次都在文末寫上虛假的日期；未來，許多年後的某月某日。

一定是有人在惡作劇吧。但我沒把這微不足道的小事放在心上。父親倒是認真起來了，似乎就在我忙着戀愛和工作，努力要把日子過充實的時候，他費了些功夫去考查明信片的來源。我還記得他向我展示那上面的郵票，告訴我，看到嗎，這是個拉丁詞，它的意思是「無」、「沒有」。

我忘了那個詞怎樣拼寫。但我記得郵票的左下角有一個美麗的紅色花形郵戳。真好看，桃花似的。

我仍然以為那是個惡作劇。誰這般無聊呢？但我沒時間細想，甚至沒有時間去察覺父親的沉迷。我一直想不透這事何以能讓一個人入魔。是因為明信片上迷人的風景？郵票上奇怪的地名？「那人」所描述的美好生活？抑或是那些讓「收到明信片」這回事變得十分詭異的日期？

因為我的不感興趣，父親遂把那些明信片當成他自己的私藏。他是那樣對別人說的，他說「有人給我寄了些很奇怪的明信片」。

父親不告而別之前，我們已經有很長的時間沒收到明信片了。他大概有些焦慮，經常會搶着去打開家裏的郵箱。可那時我沒意識到他在等待甚麼。直至他走了，我去報警，也始終沒想到該提明信片的事。

許多年便如此過去。今天下午兒子放學回來，把一件物事塞到我手裏。「收到一張奇怪的明信片，不知道誰寄來的呢。」

我心弦一動。

藍天，葵花田，笑臉。

——「我終於到了，真是個好地方啊，比我們以前想像的更美麗。」

下面寫着日期。我想了想，啊，那是今天。

主角

先此聲明，我是一個虛構人物。

因為這種虛構的身份，生活可以過得天馬行空。我可以處處為家，但又無家可歸。我憎恨這種流浪的感覺，所以我幾經選擇，終於決定在一本小說裏定居。

我並不快樂。

小說的作者是一個當紅的小說家，稿費是逐字計算的。他的成名作就是我最初落腳的那一本濫情到極點的言情小說。在我出現之前，他只是在出版社裏當跑腿，一個月總有十天過着捉襟見肘的生活，並且幾乎要在那僅有的兩件工作服裏發霉和潰爛。

偶爾總有人在報章上的文藝版看見他的名字，但是沒有人喜歡他寫的東西，因為格調太高了，沒看上兩段便打了十多次呵欠，索性閉上眼睛睡覺算了。

我當時卻愛死了他的小說。我覺得在他筆下的詭異世界裏，我也許可以活得更像一個人，一個有血有肉、有七情有六欲的人。所以我毅然決定要潛入他最新的作品，成為當中的某個角色。

像往常一樣，我依然被選為主角。是的，我英俊挺拔，個

性善良，愛國愛家，對感情專一到矢志不渝的地步。橫看豎看我總是當主角的料子。小說作者不得不痛下決心，刻意為我量身訂造一個最完美的故事架構。

小說推出市場後，引起舉國轟動。出版商一刷再刷，而許多認識或不認識小說作者的文人們，湊熱鬧寫了好幾篇捧場文章，佳評如潮。小說作者頓時成了當紅人物，「小說家」的緊箍咒令他無從躲避。他得償夙願的擔當起一切讚美與諂媚的聲音，只有我依然悶悶不樂。

小說作者替我換了一個名字，把我放進另一部小說裏。我覺得自己被他複製了，再巧妙地換上新的包裝，被推到市場去滿足那些渴望流淚以表現他們的良知與愛心的人。

我不敢相信小說作者會一次又一次地利用我的形象去換取他向來渴望的名與利。我不知道自己的存在與際遇，到底是為了迎合小說作者的貪婪，還是讀者的濫情。

多少次，我愛上小說裏的其他女性，作者卻強迫我戀上「美麗」和「善良」的女主角。我討厭這些故作天真而自以為是的女人，我才不要對她們立下山盟海誓，更不願與她們相守此生！

我只是一個不能獨立思考的虛構人物，我厭倦一次又一次重複那波濤洶湧的一生，也越來越憎恨每個完美得流於虛假的女主角。這一切令我愈發察覺了自己的虛無，也讓我離開我所嚮往的真實世界越來越遠了。這就是我必然的命運嗎？然而我

只是一個虛構的人物。

在一個月黑風高的夜晚，我從一部未完成的小說攀爬而出，復又潛入小說作者伏桌而眠的夢中。我懷着作者剛賦予我的左輪手槍（原本被安排用作槍殺仇人而置放在我的衣袋裏），運用他賜下的敏捷身手，箭一樣竄入他的夢境。

我看見自己美好的肉身變成樣板，在作者的夢裏一再被複製。每一個複製品都完美無瑕，我多麼可憐這些傀儡似的人物，於是我掏出手槍，對準那仍在進行複製工作的腦袋……

小說作者被發現猝死於書桌上，沒有人知道他真正的死因。我當然不是兇手，畢竟我只是一個虛構人物，一切如有雷同，也只是巧合……

輯七 善性
放失與彰顯

道別

很多年後，他終於又聽到了大頭的聲音。大頭說：「喂，是我，大頭啊。」

他愣了一下。大頭。這稱呼太遙遠了。他的腦袋像調得很慢的相機快門，咔——嚓。一陣空茫。哦是大頭，兒時玩伴，少年死黨。這，彷彿從時光隧道另一端打來的電話。

大頭說：「對不起哈，突然想到給你打電話。我們這裏地震了，現在。」

他幾乎沒滾下床。不是夢吧？是夢嗎？地震？他想起前不久才剛發生過的大災難，腦中連着咔嚓咔嚓幾下閃光，幻燈片也似，都是些瘡痍滿目的景象。「大頭你說啥，你喝醉了你一定是。」

也許是心理作用，他馬上覺得電話信號有問題。對方那邊一片空寂，他甚至感到那裏盪過來一些回音。大頭，大……頭。

很多年沒喊過這名字了。要不是對方那樣自稱，他幾乎已經忘記。以前在鄉裏，大街小巷成天都有人在喊大頭。夭壽的大頭好樣的大頭你他媽的大頭。他比大頭小兩歲，那時終日跟在大頭身後，也喊，大頭等我等等啊。可跟着跟着最後總會跟丟。

跟丟的過程，誰也記不清楚。彷彿他們鑽入長長的隧道，

待他終於走出去，光天燦日，看仔細時，大家都已長大。大頭也不再是大頭，而是一名科員，從此騰達，直至當上處長後舉家搬走。他則走不了多遠，當個小攝記，娶妻生子，再辭職開了家照相館。

此後許多年，他和大頭連面也見不上，只有靠着長輩們過往的交情，以及母親以前施給大頭一家的小恩小惠，過年過節時還可以收到大頭那裏送來的禮品，他孩子上學的事也受了點關照。那以後再有事相求，卻一而再地碰釘子。他這臉拉不下了，心裏有些耿耿，便不讓母親再去聯繫，以後兩家幾乎斷了往來。他做夢也想不到，會在這時候，大頭給他打電話。

「哎，大家都在打電話呢，我想我也該找個人道別吧。」

他仍然說不出話來，仍然如同小時候，在一群孩子中特別遲鈍特別懵懂，特別需要關照和保護。他想起有一回跟不上大夥兒，還絆腳滾到山坡下。後來大頭回頭來找，撥開那些比人高的野草。他正抱着膝嗚咽呢，大頭啐了一口，把他背回家。

「噢，你還保留着我的電話。」他只聽見自己說這話，聲音既近且遠。

然後電話就斷線了。他怔在床上，好一會兒才發現妻探詢的目光。「跟丟了。」他聳肩。

但那確實是最後一次聽見大頭的聲音了。下午他打開電視，果然聽到「大地震」這字眼——反貪污委會今晨出動，近百名官員被逮捕。

遺失

　　午後，再走過那裏，已經不見了女孩的蹤影。

　　午後，是剛辦了點公事，在咖啡館喝了杯卡布其諾；帶上耳機聽着音樂，循來時路步行回公司的時候。午後，是mp3播到班德瑞音樂的 *The Way of the Wind* 的時候，曲長 4 分鐘 35 秒。就那麼點時間，他穿過公園，打那一棵榆樹下走過，看了一眼樹下的長椅，空的，沒人。

　　有五、六天了吧，每天上班下班都看見女孩坐在那裏，直至今天上午走過時，她還在。

　　女孩是個盲人。平日常碰見的，提着很大的藤籃；由一隻拉布拉多犬在前頭領着，向公園裏的遊人兜售紙巾或鑰匙圈這類小物件。那狗看來十分溫馴良善，黑眼珠裏有赤誠，很討喜；有不少人被牠逗樂了，才願意幫襯買些甚麼。

　　他記得自己也曾幾次向女孩買過一些紙巾，多是因為那天上班匆忙，忘了帶手帕。女孩很有禮貌，狗也快樂地搖尾巴。他覺得自己被感謝着，像是做了善事，幫了人，心情便特別好。為此，有一次還慷慨地多買了些，聽那女孩感激地一再說謝謝。

　　當然，那些都是女孩遺失了導盲犬以前的事。也不久，才

幾天前，他像今天那樣出去辦事，在公園東面遇見那隻狗——像是被麻醉了，正被兩個男人匆忙地抬走。他也認得那兩人的面孔，不外是常在這公園裏流連的人。他只瞥了一眼，對事情有點了然。可憐的女孩啊，他在心裏感歎。

　　然後他就在榆樹下見到那女孩。當時她還是焦慮的，站在那裏一直在喊狗兒的名字，聲音在顫抖，如泣。他覺得很不忍，遲疑着是否該把事情告訴她。而結果沒説，以為那是比不説更殘忍的事。直至第二天第三天看見女孩還在，一個薄薄的身影，腰板挺得直直，靜靜地坐在長椅上，像要慢慢融入樹蔭裏。他既有點懊惱又有點心虛，反而更猶豫了些。總想着下次若再看見，便要勸她別等，然而每次經過看見了，又想還是下次再説吧，也該多給她時間保留住那一線希望。

　　如今女孩不在那兒了，他有點如釋重負，便想，那樣的一線希望也許比絕望更殘酷，倒真願那女孩從此死了心。想到這裏，*The Way of the Wind* 播到最後十五秒，快要步出公園了。那裏有兩個男人站在小徑旁抽煙聊天，他認出來是那天把狗抬走的人，不禁多注視了些時間，卻在其中一人回頭瞥他一眼時，慌忙地移開視線。

　　這種人真叫人厭惡啊，他皺着眉離開公園。音樂的最後一秒，想起那隻討喜的拉布拉多犬，感到寬懷了些。他想，幸好，自己從來不吃狗肉。

血

　　下班回家的路上，華燈初上，微黯的灰色天空依稀染了一層淡紅，大概就是晚霞吧？他忽然省起自己好久沒看過黃昏景色了。忙啊，工廠向來強調「物盡其用」，職員們無不早到遲退，放工時太陽早已落山。

　　他下了巴士，手裏挽着兩包雞飯，踽踽向家的方向行去。壯年時為了在火災現場救回兩個兒子，不慎讓一根火柱輾過左腿，如今傷勢變成一大塊凹凸不平的肌肉，加上年事已高，走起路來更覺得顛簸。

　　木板釘就的屋子就在巷子盡處，經過多年風雨，竟顯得有點傾斜。鄰居本來也都是木板屋，後來同輩的子孫都賺了點錢，拆了舊屋重建，最後這巷子便只剩下這唯一的木屋。樑子快要讓白蟻蝕朽了，屋頂漏雨的情況也越來越嚴重……

　　這些家事，他對別人可是隻字不提的。以前老伴還健在的時候，兩人也鮮少為這等事發牢騷。有時候遇上連夜雨，夫妻倆徹夜難眠，搬來許多水桶和罐子接過滴漏的雨水，然後一起蜷縮在床上，傾聽水珠打在桶罐裏發出叮叮咚咚的清脆聲響，往往就這樣等到天明。那樣的生活其實也算是一篇悅耳的樂章，只可惜老伴病逝以後，這樂章便戛然而止。

推開籬笆小門，家裏養的老黃狗搖着尾巴迎他而來，繞着他手上的兩包雞飯團團轉。

老黃狗是去年在街上撿來的。那時候他剛失去老伴，每日除卻在公司裏遞送茶水以外，生活就無聊到極點了。回到家裏，一個人對着牆上掛着的老伴肖像說話，久了便會對自己的喃喃自語感到害怕。

就因為如此，他看見這長滿紅癬的野狗，夾着毛髮稀落的尾巴在街上躑躅時，按捺不住突如其來的激動，便把牠牽回家裏。此後日夜相伴，狗兒也彷彿有點靈性，懂得為他銜上一雙待換的涼鞋。

他把一包雞飯放在地上，任狗兒噬食。而他獨自坐在門檻上，打開屬於自己的那一包飯，慢條斯理地吃了起來。

雞胸肉硬得很，他覺得自己的假牙實在無能為力，卻還得慢慢咀嚼，艱難下嚥。

兩個兒子最討厭吃雞胸肉，小時候常吵着各人要撕下一隻滑油油的雞腿。他還記得兒子們到日本跳飛機[1]的前夕，老伴特意殺了一隻大肥雞，把兩隻雞腿夾到兒子的碟子裏。

已經是七年前的事了。兩個兒子前兩年回國，都嫌家裏簡陋，各自在外頭買了新屋子。他和老伴卻像被遺棄的物件，始終耽擱在這間蒼老的木屋裏頭。

---

1 跳飛機：即非法出境，到外國非法工作。

實在吃不下了，他把剩下的半包飯橫陳在老黃狗面前。那黃狗顯然覺得感激，伸長頸子摩挲着他的小腿。

　　他滿足地微笑着，突然覺得喉裏一癢，心臟一陣抽搐；霎時間，一股腥甜的味道從肺腑湧上喉管，便從口裏噴了出來，是一攤黯紅的血漿。

　　終於吐血了。他怔忡地看着洋灰地上那一攤血紅，彷彿覺得死神已游過他身旁。醫生說過這病要及早醫理，否則情況日趨嚴重，到了吐血的階段，恐怕……

　　老伴就是被這病奪走的，掙扎了好幾個月，死狀也夠慘了。他對兩個兒子提過幾次，但他們總是支吾着不肯給他那一筆醫藥費。他們都問他：「年紀一大把了，還怕死嗎？」

　　他頹然跌坐在地上，眼睜睜看着老黃狗走過來，伸出舌頭舔食地上的鮮血。

人寰

便如此開始。寬衣，解帶，沾水，揩乾，穿衣，扣鈕。

這一套動作，已經習以為常了，連老人的體味也是熟悉的，有汗酸，有尿騷，有鹹，有餿。掌心和指尖觸撫到的身體，仍是那麼乾旱，榨不出一滴水來，唯眼角懸着有淚，很慢很慢的，滲入兩頰皮膚的紋理內。

老人中風癱瘓以後，手腳都這麼僵硬；問他，痛麼，癢麼，都只是昏眊着眼睛搖頭。怎麼會不痛不癢，背脊的皮膚已經開始潰爛了，很臭，有膿水，浸洗過的被單仍然透着一股異味。還有便溺，拉的屎稀糊糊，尿液少而濁黃。便就這樣，老人和她，都像紙尿片一樣，無語地承受着生命的重量。

家人也有微言，很臭啊，氣味從門縫鑽出來了，而且老人痛的時候還會嗚咽，多半是在夜裏，味道和聲音都擠進大家的夢境。早上誰說昨晚夢見死亡了，誰又說夢見一大攤的血。連帶對她也嫌惡起來，媽媽你的手，剛替房裏那人揩過身子吧，才換過尿片吧，別碰我們。

哥哥說，現在你知道了吧，多難伺候。真的很難，那麼乾癟瘦削的身子，像一張曬乾的人皮裹着幾根骨頭，卻重得離奇，而且一日比一日重，連抬動一隻手臂都難了。她說，太重

了，等到有一天再也抬不動，我就放棄吧。老人家大概也這番心思，呼吸越來越困難，間有哮喘，好像空氣很重，肺葉不能負荷，總有一天再也吐納不了這些沉甸甸的空氣吧，那我只好放棄了。

醫生搖頭，他說，你們唯有放棄了。病房裏只有她一個人哭，兄弟姐妹都木着臉，有人噓了一口氣，也好，都解脫了。那時老人還沒離去，嘴角有唾液淌下，這一覺睡得有多饞，再沒有醒過來。她伏在床沿抽泣，丈夫的手觸摸她的背脊，掌心有話傳來，別哭了，顧着自己的身體。她哭累了便昏昏沉沉地睡去，醒來時有一個四天三夜的喪禮等在外頭。哥哥姐姐說，你給他洗一洗吧，只有你能做了。

仍然是那一組相同的動作，死後的身軀依然有着生前的氣味，汗，尿，屎，唾液，膿汁。她如常演習，不輕忽也不特別賣力，只是那軀體仍然沉重，靈魂不是已經走了嗎，怎麼好像又比往日重了一點。她納悶着深深吸進一口氣，咬緊下唇，很用力地擺動老人的遺體。

孩子就是在那時候突然搶着要出來的，她痛得蹲下身子，兩手緊緊抓住老人的手腕，像是要把那屍體裏面最後的意志都榨出來。很痛，腹部重得像有甚麼要墜下，羊水決堤似的流出。

聽說入殮時，老人忽然變得很輕，幾乎等於一張薄皮裏着棉絮。她覺得不可思議，想着以後該怎樣把它當成一個奇譚似

的，説給孩子聽。現在孩子已經不必躺在氧氣箱裏了，她將他抱回家，把老人以前的房間改成嬰兒房；掛在嬰兒床正上方的風鈴總是叮吟吟地響，和着孩子的哭聲，夜裏滲入一家人的夢中。

有人還在夢中看見死亡和血，但已經和老人無關。她照舊翻動着誰的身體，忍受所有污穢和不堪。這一套動作多麼自然，真不覺得有甚麼好抱怨的，如果有，也只是這孩子越來越重了，她便想，這樣下去，總有一天她不得不放棄。

像往常一樣，先把紙尿片脱下，再給嬰兒寬衣解帶，用沾了溫水的毛巾替他把身子揩抹乾淨，然後換上清潔的衣物，扣鈕。最後，她挽起水桶和該扔掉的紙尿片，朝尿片上印着的泰迪熊瞥了一眼，便如此結束。

我是曾三好

　　你錯了，我沒有殺死曾三好。我就是曾三好。我才是真正的曾三好。

　　我承認我殺死了一個「人」，可他不是曾三好。再說，他嚴格意義上算不算是「人」，這點也很值得商榷。你可以去查查，這人從來沒有一個「人」的身份，他沒有父母，沒有國籍，沒有身份證。你去查查，他連名字都沒有，他的證件上只得一個編號。

　　我說的證件，是一個寵物證。那是一個鐵牌子，就掛在他的脖子上。他不喜歡那玩意，常常沒把它帶着，你們很可能沒在屍體上發現這個。但你可以去找獸醫，他們有專用的掃描器可以檢測出來，屍體的脊椎鑲着一個身份晶片，上面有他的註冊號，與寵物證上的編號完全一致。

　　就這麼回事，他是個寵物。我，曾三好，殺死自己的寵物。就像殺死自己養的一隻狗，這能構成罪名嗎？這傢伙是我付錢買的，是我用自己的基因製造出來的，一個複製人。當初把他弄回來，這事情太複雜了。倒不是科技上的問題，而是法律上的事。但我把這些關節一一打通，最後用了個寵物的名義，終於把他弄回家裏。

別這樣瞪着我看。不就是養一個複製人嗎？事實上，我們這階層有很多人都在養這個。你就當是為了健康理由吧，你當那是一個活動的個人器官儲存庫。你如果要想得更遠，譬如說，你以為我有一天犯事了，會拿他做代罪羔羊，這也未嘗不可。

不管為了甚麼作用和理由，我一直待他不薄。這個不難理解，我要一個最完美的「後備」。我讓他過着最健康的生活，吃最好的有機食物，不沾煙酒，保持一定的運動量。我要讓他身心健康，體格良好。我甚至讓他在我家中自由走動，看我的書，聽我的音樂，與我的家人共處。有時候我也讓他代我去參加一些不重要的活動，譬如家庭聚會，新年吃團圓飯，或是去陪我的父母聊聊天。

他做得不錯，不，是做得太好了。有時候我覺得他比我做得更像「我」。是的，比我更像曾三好。我的家人都喜歡他。我那老得快痴呆的父母就別說了，連我的妻兒，他們明明知道那只是個寵物，卻那麼喜歡親近他。我越來越覺得不是味兒。早上他們在餐桌上談笑風生，我來了，他們竟然立時噤聲。有一次我看見他手裏拿着我的杯子，那以後我就開始懷疑他用過我的牙刷、毛巾、睡衣，甚至我的枕頭。

你還要我說甚麼呢？就上周吧，有一天，我聽見我的母親叫他好兒。那是我的乳名，母親已經很多年沒叫我好兒了。我聽得心裏一顫。我知道，再不除去他，我就別想再當我自己。

聽懂了嗎？我殺他是因為我要當曾三好！如果我再不動手，有一天會是他坐在這裏，甚至我的父母和妻兒都在，他們會對你説，他才是曾三好。

眼淚

他終於被送到科研機關裏了。

他睜開眼，轉動眼球看看四周。立即判斷這裏就是他做夢也不敢夢見的國家科研機關。媽的，他的身份暴露了。

身份暴露會有甚麼後果呢？毫無疑問，逮住他的人會拿到巨額賞金。上次有人拿了假得不能再假的造假照片到這裏，也能領到幾萬元賞金呢。這一回，他可是活生生的「突破性發現」和「研究成果」啊。

想到自己身處科研機關，他禁不住直冒冷汗。冒冷汗事小，冒冷汗是「人性化表現」；這可是他花了好些時間，又在汗腺上動了些手腳，才終於弄出來的人性化功能。

為這一樁樁功能，這些年他吃了不少苦頭。現在他慢慢記起來了，到這裏之前，他從一家商場裏出來，心裏就正在埋怨着這個。「媽的，真倒霉，怎麼就我被派到這種鬼地方呢？」埋怨是好的，埋怨是人性化表現。他一邊嘀咕一邊加快步伐，越過一個抱着孩子又拎着許多東西的女人，搶先衝上一輛停在路旁的出租車。

從埋怨到越位搶車，這幾乎被他練成了反射動作。他心裏美着呢，自己已經很像人類了，尤其是最後這一下——「嘭」

一聲關上車門，始終不看那女人一眼。

　　這些年，不容易啊。為了保護自己，他千辛萬苦給自己進行改造。那些人性化表現，揣摩起來可真費勁。好幾次他就因為修為不夠，差點暴露了身份。可現在他不會再犯那種低級錯誤了。他已經學會人類的各種小把戲：多點小心眼，貪點小便宜，玩點小手段，使點小詭計，猛打小報告，專挑小毛病……就這樣，他非但沒有暴露身份，這兩年還特別地一帆風順。工作上一再獲得提升不說，戶頭裏的錢和身邊的女人也緊跟着多起來。

　　他太有才，也模仿得太完美了。要不是那該死的眼淚……是的，眼淚！他怎麼就不能封鎖這功能呢？他怎麼就會流淚呢？他媽的這東西早被人類進化掉了，偏偏他還會為了這個那個而掉淚。譬如前兩日聽說單位裏的一個工人賣器官去給孩子治病，又譬如剛才在商場，看見視頻裏的美女笑盈盈地把一隻小貓踩在她穿着高跟鞋的腳下……

　　想起那畫面，那美女無聲的笑與那小貓頭顱破裂前無聲的嗚咽，他不禁又感到心裏一緊眼眶一熱。他趕緊來個深呼吸，抽抽鼻子。就這時候，他看見司機自望後鏡裏瞥了他一眼……

　　一定是出租車司機把他送進來的。但他已記不起那過程了。反正醒來時就躺在這狀似手術台的床上。空調很冷，他一絲不掛。所以在那檢察官模樣的人物進來時，他正猛打哆嗦。

　　「檢察官」鐵着臉，向他宣讀體檢結果——初步鑒定一切

與常人無異，唯眼角確實有眼淚的殘跡。

「你還是從實招來吧。究竟你是哪個星球的生物，到我們這裏來有甚麼陰謀？要不，解剖專家已等在外面了。」

星球？外太空生物？因為感到特委屈，這回他終於控制不住，淚如雨下。

「我，我不是外星人。我是……天使。」

媽的，他還真是個天使。要不是因為這些該死的眼淚，他自己大概已經忘記。

面具

我是PK32，聽說在剛出生時曾經有人替我取了一個中文名字，但是那並沒有被記錄在我的智慧卡上，以致我後來也就逐漸遺忘了。

在還沒有被判謀殺罪名成立以前，我是地球的一級公民，受過A等教育，有一份高尚的太空署行政人員的工作，甚至有能力為自己添置好幾張面具。

說到面具，生命中第一張面具是父母給我買的，他們知道我因為沒有面具而遭同學與師長排斥，不惜花了好幾年的儲蓄為我買了一張——雖然它極其粗劣，但它確實讓我走進了人群。

從此我一刻也不能離開我的面具了。即使我為了一張面具而造成今日的身敗名裂，我仍然無法否認它的魔力。如果沒有了那面具，我的前半生絕對不可能走在那樣平坦的康莊大道上。

大概是在十七、十八歲那一段時期，有一天清晨我面對浴室鏡子，因為突然想看看多年來隱藏在面具之下的真面目，我毅然把面具除下。那是一個痛苦的過程，這張嗜血的面具一直盤吸着我的臉龐，撕下它就幾乎像是要撕下自己的臉皮，痛徹

心肺。我憑着一股莫名其妙卻無以倫比的勇氣，咬緊牙根……

那一個早晨，我切實地知悉了自己與面具有着何等密切的關係，是不是每一張出賣給面具的臉都同樣醜陋呢？我不禁悵惘。

十年後，我娶了PS28。她是一個非常善良的女子，永遠戴着一張全球最美麗的、素質最好的面具。那標緻的五官配以親和的笑容，每一個表情都顯得真摯而叫人動心。我和她的婚姻非常美滿，我們志趣相投，無所不談。除了彼此的真面目以外，我們之間再無任何隱私。

幸福的日子持續不久，被我一手粉碎。

我強調自己並非貪圖功利的人，可是我一直以為副署長的空缺非我莫屬，掌握大權的署長卻開出那樣的條件——沒有明說，卻字字玄機。

「你太太的面具實在太完美了，我的太太常常吵着也要一張。」

我想清楚了，我愛PS28，愛她的一切，愛得不可自拔。所以，即使她換了另一張不那麼好的面具，依然是我摯愛的妻。我掏盡積蓄，買了另一張上等的女性面具。雖然無法比擬PS28原有的那一張，總算不會相去太遠。以PS28溫順寬容的個性，相信她不會為此記恨吧？

為免PS28忍受面具被剝下時的痛楚，我特地在晚餐的飲料裏加了麻醉藥物。一切都進行得很順利，我把不省人事的她

抱進睡房裏，然後對自己說，無論她戴上甚麼面具，我永遠愛她。

PS28 的面具戴了二十餘年，幾乎找不到一絲縫口。我仔細搜索，終於決定先用小刀在她的臉沿劃一個破口，然後才大力把面具撕下⋯⋯

我發誓，我真的不知道PS28 從來沒有戴過面具。

應許之地

黎紫書

　　寫這篇後記的時候，是 2021 年年底。屈指一數，我已經有五年沒寫微型小說了。

　　上部微型小說集《余生》是在 2017 年出版的。那時我已確知三、五年內，甚至從今爾後不可能再寫微型小說了，因而便以宣佈封筆的姿態，在過去二十餘年寫就的作品中，挑出一些自己滿意度比較高的，出版了一部自選集。

　　那時我當真有意用那集子來總結我的微型小說創作之路，便希望那是個美麗的標記，因而挑選作品時刻意避開那些青澀得叫我自己不忍卒讀的「少作」，要拿那些最成熟優雅的作品示人，多少想藉此抹掉自己在這路上曾經走得跟跟蹌蹌的痕跡。沒曾想到鮑國鴻先生後來會提議在香港出版我的微型小說作品，我自然是受寵若驚的，幾乎沒「碌飯應」。由於粵語是我的母語，成長過程飽受香港（娛樂）文化薰陶，那裏可以說是我精神上的另一個文化原鄉。要在香港出書，於我，有說不清的千萬種意義。

　　香港人向來做事重效率，要做就真去做了。當我在老家翹

着二郎腿時，鮑國鴻先生在香港為這集子穿針引線，還請來林惠娟老師一起挑選作品，將這部《黎紫書小小說》編了出來。想我初見他們列出來的作品名單時，有點心裏一沉。老天，那些不夠漂亮的少作，我曾經千方百計想毀掉而不得，便想以一部自選集來掩蓋它們的存在，竟如埋在時間深處不見天日的骸骨，被兩位火眼金睛的編者給翻了出來。

但我很快就接受了這事實。一個人不可能只對這世界展示他/她自己喜歡的那一面，總有許多人站在不同的方向和角度審度你，而你在他們眼中絕不可能完完全全是你自己認知的、想像的，又或者是你希望的那個樣子。黎紫書寫作多年，本來就是一個用許多作品堆砌起來的立體，在兩位編者的眼中，黎紫書作為一個微型小說作者，是該用哪些作品給拼湊起來的呢？不得不承認，我自己也感到十分好奇。

我說的少作，多半都在《微型黎紫書》這本舊書裏。這不僅是我人生中第一本微型小說集，甚至還是我人生中第一部出版的「著作」。那時代的我還是報社的記者，對社會課題特別關注，常接觸社會底層的人，加上年輕，寫作經常是一種不平則鳴的手段，而且對微型小說這種文體尚未有深刻的想法，就只是一個勁兒往「縮小版」的小說路子上鑽，因此那時的作品多有比較強的故事性，可在感情的處理上往往用力過猛，看在今天的我眼裏，便有一種竭盡全力要打動人或說服人，想讓讀者與我一樣憤慨的意思。

後來年紀漸長，閱歷多了，情感和思想沉澱了，寫作年資深了，對微型小說這文體有了更多的領悟和想法，逐漸建立起一套不足為人道的創作論和美學觀，才算在微型小說創作這偏僻之地上一步一步地走出自己的一條路。

至今我還記得這當中有個轉捩點。那是在 1997 年寫〈這一生〉的時候，我被自己寫出來的，既不同以往，也不同一般的作品嚇了一跳，忽然覺得自己開竅了——原來微型小說還有別的可能，這個看着侷促的小空間可以容得下更大的天地。只是從開竅到我自認為「成熟」，畢竟是一條漫長的探索之路。我在這路上前行，靠的是對小說創作的喜愛以及一種天真的信念（就是全心全意相信前面必定有一塊寬敞豐美，流着奶與蜜的應許之地），當然也有執念，一定要把心目中「更好」的作品寫出來。可那還真的就只是一種信念，我甚至沒法把那理想中更好的微型小說想像出來。

這一部《黎紫書小小說》的兩位編者，可以說將他們心裏那一張黎紫書作品的路線圖畫出來了。它要比我自己編選的作品集更客觀，幾乎更全面地展示我在這文體上所作的探求，甚至也逼着我直視自己怎樣一路走來。在早期的作品中，我在意故事的完整性，小說主題也總是比較清晰，而且還經常揚起鞭子想要撻伐這些或那些人，或者心底暗暗想要通過寫作來改造社會。而在較後的作品中，我顯然不再執着於故事的完整，轉而追求「小說的完整」，而相比之下，故事也就只是小說創作中

一個雖基本卻很淺薄的層面。我甚至嘗試把它削得更薄一些，或者把它藏在細節和留白中，引導讀者自行填充。這些轉變和「完成」多半不是顯山露水，着於痕跡的，在我，其實有點像武俠小說《笑傲江湖》中令狐沖向風清揚習得的獨孤九劍，非得把辛辛苦苦練得滾瓜爛熟的招式一一忘卻不可，最終以無招勝有招。這麼說，我自己也知道太過玄虛了，但文學本來就和其他藝術形式一樣，不純粹是一件技術工作。它裏頭定然有無可名狀處，那才是藝術的力量所在，也是它真正打動人的地方。

既然是為一部微型小說集寫的後記，我自當力求精簡，以體現微型小說的美學追求。怎麼說，我已經五年沒寫微型小說了，這裏談到的創作觀，在某種意義上可能已經「過時」。但過去多年多少投注在微型小說上的心力，最終並不只是開出微型小說的花來。它對我後來的寫作影響深遠，甚至在別處結出果子——我總是那麼說的：要不是經過微型小說的嚴格鍛煉，讓我對文字懷有虔敬之心，懂得看重每一個小片斷的書寫，我也就不會寫出後來的長篇小說《流俗地》。這部長篇超過二十一萬字，在人們給它的諸多評語中，我最喜歡的是這一句：「全篇無一字懈怠」。

放下手中的石頭
──讀《黎紫書小小說》

陳志堅

　　我們都活在後真相和演算法的時代，人們好像只重視如何形成主流，卻不再談論世界是否真實的存在。在輕易隨流失去的世情中，有沒有企圖遍尋或還原人性的幽微，終究是文學書寫需要回答的問題。黎紫書小說裏的人物從來都是活脫脫的，無論是當家的媳婦，就這樣死了個孩子的媽、受盡抑鬱所傷的他、陽台上做夢的老人，讀黎紫書的微型小說就像在追逐不住流動的人口，且在不斷探問、回溯和窺視人類的瞬間，才發現這些人雖然互相滲透，卻又互不相屬，在城市中邂逅，在鄉間裏徜徉，拼貼出來，竟然如此繁華。

　　如果我們好奇小說家的寫作意圖，可以發現小說是有意識地以輕筆書寫血脈，寫因緣，寫際遇，寫生命種種。在〈留守〉一文，正當我們以為女兒替老媽準備了陪伴的狗，最終反過來是老媽餘生獨自看守，那我們會問，老人與狗，到底是誰照顧了誰？女兒把「放不下的那些就留下來」，真正留下來的其實是自己的媽媽，好像蔡素芬〈別着花的流淚的大象〉裏的母親的

遭遇一樣,「沒有親情」原來如此普世。又或是〈內容〉中,念茲在茲的愛情,在甜蜜婚期過後,終章也是離婚收場,「只是那日日夜夜把婚姻穿在身上的兩人,不覺。」情愛有時不一定是偷偷越軌,可能只是同床異夢,「在雙人床的中間,承載她一個人的夢」,小說就這樣複製出萬家燈下映照着各扇窗戶裏獨自的沉睡。當讀到〈花樣年華〉「所有經歷都有跡可尋,刀痕似的刻在臉上」,就像速讀了一遍《華燈初上》的羅雨儂與蘇慶儀,我們才明白痴嗔怨怒的情緒是無法創造出真象,自我消費的角色更需經歷時間沉澱,最終會塑造出如「發光體」般的耐人尋味。

都是宿命。但又不能只怪罪於命運的安排,因為人都是在自說自話,替自己說項,替自己解白。C. S. Lewis 說人最大的罪惡是「驕傲(自以為是)」,我們以為〈殘缺〉中色盲的他是悲慘的,就像村上春樹筆下沒有色彩的多崎作般,生命中有着各種遺憾,但原來小說中的「他」,倒是最清醒的人,他「知道人們的耳朵和心裏,都堵着太多顏料」。的確,你還以為〈海鷗之舞〉中的老人跳着海鷗之舞是多麼荒唐,卻沒料到老人舞可以是「我一直不斷地錯失了的部分」。因為我們總以為自己是對的,其實我們只不過是用自己的目光觀照世界,輕率地把人性看得理所當然,當人格面具被掀開時,才發現榮格所說的集體無意識,根本就是社會中許多人的共相。人類不單這樣,還要設法殺掉我們所有的眼中釘,我們都是曾三好,永遠最好的

只有自己。（〈我是曾三好〉）因為我們老早把所有違逆的都看成病毒，就如〈在我們乾淨無比的城市〉中，「我」總是設法把四圍消毒，而不察覺最應該被消滅的其實是自己。夠了，到底人在甚麼時候才學懂問題的本質，是不是要像〈那一夜我們一起離開酒吧〉的「我」一樣，沒有影子作伴，鬧至不歡而散，才開始明白，其實「最終只有我一個人願意為他買單」，自以為是的人有天總要為自己好好結賬。所以說，閱讀一個人就如閱讀一條後巷，當我們有時能「不想爭辯甚麼堅持甚麼」，才會發現「說不定真有一條想像出來的後巷」（〈消失的後巷〉），雖然在後巷裏佈滿了陰鷙的眼睛（〈暗巷〉，本書沒有收錄），然而，世上豈止行淫時被捕的女人是罪人，人若能反照自己，徐徐地放下手中的石頭，由老到少一個一個地往回走，原來人的道路走下去會有燈。所謂做夢中夢，悟身外身，讀黎紫書的小說，常常能讀出這種人格超升的味道來。

黎紫書在處理生死之間顯然是高度的跨越。〈人寰〉以傷逝的姿態寫盡了人情，除了「她」一直在承受着照顧年邁老人的重，甚而是在老人離世後照顧嬰孩，「她」由始至終就像是為了家庭而終究沒有出路。然而，小說中最使人訝異之處，反而是子女對老人的怨恨和嫌棄，相比起「夢中看見死亡和血」，似乎更使人吃驚。但仔細一想，你會發現這種人格缺欠原來眾生皆如是，在死亡面前，我們都是傀儡。而夢由始至終都在偽裝，是人在潛意識裏的影子原型（Shadow Archetype），除了

把潛意識提取出來，夢其實在逃避個人意識上的審查。相比之下，〈陽光淡淡〉卻輕得像靈魂出竅，男孩死在泳池底部，「像邪教的祭典那樣將他秘密處決」。小說書寫的不單止是親眼瞥視兒子死在面前，印度男孩來訪加上幼小女兒不動情，就像造成二次甚至三次傷痛，在淡淡陽光從窗外滿溢，並以各種形態湧入，除了痛極無言，只可印證死亡原來是如此的狂傲。〈人寰〉與〈陽光淡淡〉，在生死之間，如此輕重分明。當然，有時死亡卻又以擦身而過的姿態出現。〈死了一個理髮師〉中的她從報上訃告得悉理髮師的死，這個曾以手指頭探入她髮絲之間，有過如此私密行為的人，竟無聲無息地離開了。原來在死亡面前，我們都無處可逃，它是如此暴烈。然而，在黎紫書筆下卻提供了穿越驚怖的出路，只要保持溫柔的想望，我們才曉得世界不一定這樣使人難堪。不是嗎？〈明信片〉中「極藍的天，葵花田，還有許多人的笑臉。」就像天堂，在天堂裏一切只有美好，天堂是死亡有力的對抗。這位收穫明信片的父親說：「我終於到了，真是個好地方啊，比我們以前想像的更美麗。」人活在世上就像在不斷流動的詭魅之中，然而，暗昧中總會看見野原裏的星火，王爾德說：「我們活在陰溝裏，但仍有人仰望星空。」閱讀黎紫書的小說雖然能讀出寂寞與蒼白，但小說耐讀在於它會不自覺地在讀者的心靈間喚起你對靈魂的省察，在反思邊緣與底層以外，更可能地在叩問自己的身份與狀態。

黎紫書肯定是在華文微型小說寫作中最優秀的作家，但當

她在後記〈應許之地〉說：「從今爾後不可能再寫微型小說了，因而便以宣佈封筆的姿態……」，若然這是事實，對於我這位忠實讀者來說，感覺就像張國榮離世時有着同樣的痛感（雖然仍可讀《流俗地》和《告別的年代》）。如有天我因無法再讀新作而生病，卻突如其來聽說黎紫書要再寫一本微型小說的消息，相信我大抵會以〈余生〉中老余的姿態出現，回想年輕時手拿着曾經的微型小說，且驚人地活了很久很久。

各篇出處

輯名	篇名	出處
輯一 家庭：矛盾與和諧	幸福時光	《簡寫》
	這一生	《微型黎紫書》
	春滿乾坤	《簡寫》
	菊花	《微型黎紫書》
	女王回到城堡	《微型黎紫書》
	老畢的進行曲	《簡寫》
	人瑞	《微型黎紫書》
	日子	《余生》
	留守	《余生》
	懲罰	《微型黎紫書》
	忌辰	《無巧不成書》
	雨天（初發表時名為〈在雨中〉）	《微型黎紫書》
輯二 人際：疏離與關懷	既然你問起	《簡寫》
	養鳥	《微型黎紫書》
	迴光（初發表時名為〈春藥〉）	《無巧不成書》
	夠了	《簡寫》
	消失的後巷	《無巧不成書》
	陽光淡淡	《無巧不成書》
	同居者	《簡寫》
	一致	《簡寫》
	死了一個理髮師	《無巧不成書》
	失蹤	《簡寫》
	交易	《簡寫》

輯三	無花	《簡寫》
情愛：沉湎與昇華	青花與竹刻	《簡寫》
	贅	《簡寫》
	內容	《簡寫》
	癮	《簡寫》
	舍	《余生》
	自滿	《余生》
	夜遊	《簡寫》
輯四	無從	《簡寫》
抉擇：代價與收穫	贏家	《簡寫》
	童年的最後一天	《簡寫》
	失去的童年	《無巧不成書》
	女傭	《微型黎紫書》
	心結	《微型黎紫書》
	在我們乾淨無比的城市	《余生》
輯五	錯體	《微型黎紫書》
世情：迷離與清醒	歸路	《簡寫》
	花樣年華	《余生》
	海鷗之舞	《余生》
	殘缺	《簡寫》
	我・待領	《簡寫》
	大師的傑作	《簡寫》
	倒裝	《簡寫》
	余生	《余生》

輯六 理想：失落與追尋	阿爺的木瓜樹	《微型黎紫書》
	父親的遺產	《微型黎紫書》
	唇語	《無巧不成書》
	那一夜我們一起離開酒吧	《余生》
	明信片	《余生》
	主角	《微型黎紫書》
輯七 善性：放失與彰顯	道別	《簡寫》
	遺失	《簡寫》
	血	《微型黎紫書》
	人寰	《無巧不成書》
	我是曾三好	《簡寫》
	眼淚	《簡寫》
	面具	《微型黎紫書》

黎紫書著作一覽

小說

- 微型小說集《微型黎紫書》，1999，馬來西亞學而
- 短篇小說集《天國之門》，1999，台灣麥田
- 短篇小說集《山瘟》，2000，台灣麥田
- 微型小說集《無巧不成書》，2006，馬來西亞有人；2010，台灣寶瓶
- 微型小說集《簡寫》，2009，馬來西亞有人；2009，台灣寶瓶
- 長篇小說《告別的年代》，2010，台灣聯經；2012，北京新星
- 短篇小說集《野菩薩》，2011，台灣聯經；2013，北京新星
- 短篇小說集《未完‧待續》，2014，台灣寶瓶
- 微型小說自選集《余生》，2017，馬來西亞有人；2017，廣州花城
- 長篇小說《流俗地》，2020，台灣麥田；2020，馬來西亞有人；2021，北京十月文藝

非小說

- 評論集《花海無涯》，2004，馬來西亞有人
- 散文集《因時光無序》，2008，馬來西亞有人
- 散文集《暫停鍵》，2012，台灣聯經；2016，北京新星

個人文集

- 《出走的樂園》，2005，廣州花城
- 《獨角戲》，2009，香港明報月刊及新加坡青年書局

（以上資料由作者提供）